4

王立魔法学園の最下生

～貧困街(スラム)上がりの最強魔法師、貴族だらけの学園で無双する～

立ちはだかる者は全て殲滅……。
決戦へ向けて覚悟は堅固に、速度は加速する──。
俺が《大監獄》を出た、という情報は、
とっくに連中の耳にも入っているのだろう。
二十メートルを超える道路幅を持った
《王城に続く道》には、夥しい数の敵兵が
集結しているようであった。
アルス・ウィルザード
昼は王立魔法学園の学生。
夜は魔法師ギルド《ネームレス》の暗殺者。
素性を隠して暗躍する最強の魔法師。
サッジ
アルスをアニキと慕う、
魔法師ギルド《ネームレス》のメンバー。
猛牛の呼び名で知られる二つ星の貴族。

ロゼ
元《ネームレス》のメンバーで
アルスの元直属の後輩。
価値観の違いから決別し
《神聖騎士団》に所属するが、
アルスとの決闘で敗れる。
「でりゃあああああああ！
ドケドケドケええええええ！
サッジ様のお通りだあああああああぁ！」
「遅い。遅すぎる。
退屈な人たちですね」

CONTENTS

THE IRREGULAR OF
THE ROYAL
ACADEMY OF MAGIC

ダッシュエックス文庫

王立魔法学園の最下生4

～貧困街（スラム）上がりの最強魔法師、貴族だらけの学園で無双する～

柑橘ゆすら

─プロローグ─　とある暗殺者の日常

俺こと、アルス・ウィルザードは、幼い頃より、闇の世界に身を置いている魔法師である。

色々と訳あって、魔法学園に通い始めてからというもの俺は、慌ただしい日常を過ごしていた。

「ふふっ。貴方(あなた)が死運鳥(ナイトホーク)ですか。裏の世界で最強と呼び声の高い王室御用達(ロイヤルワレント)の暗殺者」

今現在、俺の前にいるのは、黒色のマントに身を包んだ暗殺者(どうぎようしや)の姿であった。

アカシア・ドルマン。

裏の世界では、それなりに名の通った魔法師だ。

この世界で生きる人間は、自分が得意とする専門分野を持つことが多いのだが、この男は取り分け仕事を選ばないことで知られている。

必要であれば、女子供であっても容赦(ようしや)なく惨殺(ざんさつ)する人間だ。

アカシアが今までに手掛けた人間の数は、優に百人は下らないとされている。

正真正銘、プロの暗殺者と言ったところだろうか。


「今夜は月が綺麗ですね」


ふうむ。

思わぬところで、思わぬやつに会ってしまったな。

今日の俺の仕事は、『貴族の護衛』であった。

一体、誰の差し金なのかは定かではないのだが、ここ最近、貴族たちが無差別に襲われる事件が増えているのだ。

だが、まさか、俺が護衛に当たっている時に限って、名のある暗殺者と遭遇するとは流石に俺も予想外であった。


「人間、どうせいつかは死ぬのです。どうせ死ぬのであれば、こういう夜空が綺麗な日に死にたいと思いませんか？」

この男、暗殺者にしては口数の多いタイプのようだな。

生憎と俺は仕事の最中に無駄口を叩く趣味はない。

そう考えた俺は、すかさず、銃の引き金を引いてやることにした。

月明かりが照らす夜空に乾いた銃声が響き渡る。

命中はしたが、特にダメージを与えられた手応えは感じられないな。


「ふふふ。素敵なプレゼントをありがとう。これは記念に取っておきましょうか」


この男、素手で銃弾を摑んだぞ。

俺が発砲したはずの銃弾は、指と指の間に挟まれているようだ。

特に魔法を発動した様子は見られない。

指先の力のみで攻撃を防いだようである。

むう。仕事の際は可能な限り、魔法は使わない、というのが俺の信条であるのだが、このレベルの相手に銃だけで戦うのは難しいかもしれないな。


「いざっ！」

片流れの形をした屋根を蹴って、男が向かってくる。

特に武器を使用してくる様子はないようだな。

純粋に肉体を武器として戦うタイプの魔法師のようである。

「…………!?」

むう。この男、素手で俺のコートを引き裂いてきたぞ。

組織から与えられたコートは特別製だ。

希少生物のグリフォンの羽をふんだんに編み込んだ黒色のコートは、鎧(よろい)のように頑丈で、魔力をよく通すのだ。

「素晴らしい反応。期待以上のようですね」

この様子だと、今の一撃が全力ではないみたいだな。

何か奥の手を隠し持っていると見た方が良さそうだ。

月夜に照らされながら、目の前の男は、足場の悪い屋根の上を縦横無尽(じゅうおうむじん)に駆け回る。

「ああ。久しく忘れていましたよ。この感覚……！」

やれやれ。

面倒なことになったな。

何が一番面倒かというと、この男、相当に強いのだ。

護衛任務は大抵の場合は、何事も起きずに終わるので、俺にとっては格好の『休み時』だったのだが、呑気なことは言っていられなくなってしまった。

「強者と戦う瞬間こそ、生を実感できるというもの。生きている！　それは素晴らしいことです！」

男が何やら叫んでいる。

不気味な男だ。

一流の暗殺者はそれぞれに独自の美学のようなものを持ち合わせていることが多いのだが、この男もその例に漏れないタイプらしい。

仕方がない。

戦いを避けられるような状況ではなさそうだ。

今夜は徹底的にこの男に付き合ってやることにしよう。

〜〜〜〜〜〜〜〜〜〜〜〜〜〜〜〜

やはり強かったな。この男。

俺がこの世界に入って、戦ってきた魔法師たちの中でも、五本の指に入るだろう魔法師だった。

掠り傷とはいえ、戦闘でダメージを受けたのは、随分と久しぶりな気がする。

「ふふふ……」

一つ、不可解なことがあった。

戦いに敗れたにもかかわらず、男は何故か、満足そうに笑みを零していたのである。

「……何がおかしい？」

素直に気になったことを尋ねてみる。

「いえ。失礼。ようやく、これで終わりにできると思うと嬉しくてね」


なるほど。この男、死を受け入れているタイプの人間なのだろうな。

裏の世界でも珍しいタイプである。

死の恐怖から完全に逃れることは、熟練の暗殺者(アサシン)であっても難しいとされているのだ。


「……他人に理解してもらえるとは思いませんが、ワタシは心の何処(どこ)かで死を望んでいたのでしょう」

「…………」


ふうむ。どうやら、この男は、俺と近い思想の持ち主だったようだ。

暗殺者(アサシン)に相応(ふさわ)しい最期は、暗殺者(アサシン)として、死を迎えることだ。

この仕事は、プロとしての矜持(きょうじ)を持つほどに、抜け出すことが難しいものになっていく。

自ら終わりにできないのであれば、誰かに『終わらせてほしい』と願うのは、自然な感情なのかもしれない。

「分かるさ」

男に聞こえないよう小さく言葉を返してやる。

俺たちの仕事の先は、決して『希望』には繋がっていない。

己の『死』こそが、最終的に到着する場所であるのだ。

「さあ。引き金を引いて下さい。貴方のような男に殺されるのであれば、光栄というものです」

最後まで口数の多い男だ。

ならば、望み通り、この男の最期は俺が看取ってやることにしてやろう。

死の瀬戸際まで暗殺者としての矜持を貫けたコイツの人生は、『幸せ』だったのかもしれないな。

一　1話　一　街の異変

でだ。

無事に仕事を終わらせた俺が向かった先は、親父が滞在している酒場だ。

【冒険者酒場　ユグドラシル】

《暗黒都市》の裏路地にひっそりと存在するこの酒場は、俺たち組織が頻繁に利用する店であった。

今回起こった不測の事態について俺は、親父に報告することにした。

「ふう。今日より、お前に驚いた日はないぞ」

この男の名前は、ジェノス・ウィルザード。

血は繋がっていないが戸籍上は、俺の父親ということになっている。
親父の仕事は、組織と依頼人の政府関係者を繋ぐ、交渉役である。
昔は《金獅子》の通り名を与えられた凄腕（すごうで）の暗殺者（アサシン）だったらしいのだが、俺が組織に入るのと入れ替わるようにして、現場からは離れるようになっていた。

「……お前、今までアカシアと戦っていたのか」

俺の言葉を受けた親父は、驚きと戸惑いが入り混じったような感想を零（こぼ）していた。

「ちょっと待って！　アカシアって、あの、伝説の暗殺者（アサシン）のこと⁉」

続けて驚きの声を上げたのはマリアナであった。
同じ組織に所属しているマリアナには、幼いころから色々と世話になった。
当時、新米だった俺に魔法の手ほどきをしてくれたのは、他でもないマリアナであったのだ。

「どうやって奴を倒したのよ？」
「どうって……。別に普通に戦っただけだが？」

「「…………」」


俺の思い過ごしだろうか？

素直にありのままの事実を伝えてみると、二人は半ば、呆(あき)れたような表情を浮かべていた。

「まあ、お前はそういう奴だったな」

「怪物に対する唯一の対処法は、怪物をぶつけることなのでしょうね」

むう。

何やら失礼なことを言われているようにも感じるが、ここは気にしないでおくとしよう。

「しかし、驚いたわね。今回の山は、ワタシたちの想像以上に大きいということなのかしら。彼を雇うには、三つ星(トリプル)の貴族ですら難しいと聞くわ。並みの暗殺者(アサシン)１００人分の報酬(ほうしゅう)が奴を雇う最低限のスタートラインよ」

「…………」

ふうむ。情報屋業を営(いとな)んでいるマリアナが口にすると言葉に重みがあるな。

たしかに奴は、それなりに強かったのだが、少し腑(ふ)に落ちないことがある。

俺が今まで戦ってきた無名の暗殺者(アサシン)たちの中には、それ以上に強い奴らも存在していたのだ。

ネームバリューというのは、俺が思っている以上に影響力の強いものなのかもしれないな。

「親父。例の貴族殺しの件について、何か分かったことはあるか？」

ここ最近、《暗黒都市(パラケノス)》を賑(にぎ)わせているのは、二つ星(ダブル)以上の高位の貴族をターゲットにした暗殺事件であった。

「いや。だが、今回の件でハッキリと分かったことがある。狙われているのは、組織(ウチ)に出資している貴族のようだ」

「…………！」

そこで親父から返ってきたのは、なんとも意外な言葉であった。

むう。なんとも、きな臭(くさ)い話になってきたな。

「敵の狙いは、組織(ウチ)の資金源を断つことにあるのかしら？」

「ああ。その可能性は十分にあるな」

ふうむ。
どうやら今回の『貴族殺し』の主犯格は、今まで戦ってきた敵とは毛色が違うようだな。
直接的な対決を避け、まずは、後ろ盾を排除して、組織の弱体化を図ろうと考えているのか。
相当にやりにくい相手だ。

「色々な可能性を探っているが、連中はまるで尻尾を掴ませてくれねぇ。まったく、嫌になるぜ。今回の件に関しては政府の人間たちも、何故か、一向に動いてくれねえんだ。何か巨大な利権が政府に絡んでいるとしか思えないぜ」

なるほど。親父がこれだけ警戒感を露にするのは珍しい。
親父と一緒に仕事してから長いが、初めてのことかもしれないな。

「アル。気を付けた方がいいぜ。この街では今、『何か』が起きようとしている。オレも未だに経験したことがない。底知れない『何か』が……」

何処(どこ)か物憂(ものう)げに語る親父の表情が、やけに印象に残った。

いずれにせよ、用心しておくのに越したことはなさそうである。

―― 2話 ―― 効率的な訓練

それから。昨日の仕事から一夜が明けた。

ふうむ。

思ったより、体に疲れが残っているみたいだな。

ダメージは受けていなかったが、昨日の戦いは、珍しく魔力を使い過ぎたみたいである。

疲れた体にムチ打ちながら、俺が向かった先は、今年になってから通い始めた魔法学園であった。

流石(さすが)は、全国から選ばれた貴族しか通うことのできない学園というだけのことはある。

いつ見ても見事な造形だ。

全体を竜の彫刻によって彩られた、石造りの校舎は、建物というよりも美術品のようである。

教室の扉を開いたところで、見知った人物に声をかけられる。

「おはようございます。アルスくん」

最初に声をかけてきたのは、レナだ。

赤髪のお団子&ツインテールが特徴的な女であった。

優等生的な雰囲気を醸し出しながらも、無駄に行動力のあるレナには、これまでにも幾度となく振り回されてきたような気がする。


「おはよー。アルスくん」


続いて俺に声をかけてきたのは、青髪のショートカットが特徴的なルウという女であった。

おっとりとした柔らかい雰囲気に騙されてはならない。

暫く接して分かったのだが、このルウという女は、なかなかに腹黒い面があり、気の抜けないところがあった。


「あれ？　もしかしてアルスくん、今日は寝不足なのかな？」

「ああ。まあ、そんなところかな」

ルウのやつが、目敏く変化に気付いたようである。

ここ最近、《暗黒都市(パラケノス)》を取り巻く状況は悪化の一途を辿(たど)っている。

特に魔天楼(まてんろう)の崩落事件があってからは、それが顕著(けんちょ)だ。

直近では『貴族殺し』の事件が頻繁(ひんぱん)に起きるようになってか、慌ただしい日々を余儀(よぎ)なくされていた。

昨日は久しぶりに休めると思っていたのだが、ハードな戦闘が起きてしまったからな。

疲労感を隠すことができなかったようである。

「無理は禁物ですよ。アルスくんは、いつも頑張り過ぎてしまうところがありますから」

「……ああ。気を付けておくよ」

レナの忠告を適当に受け流した俺は、そのまま自分の席に着く。

ふうむ。レナのやつ、何か心境の変化があったのだろうか。

普段通りであれば、説教の一つくらい飛んでくるところだが、今日はやけに俺のことを気遣っているようだ。

「気を付けて下さい。最近は高位の貴族たちを狙った暗殺事件が起きているみたいですから」

「まあ、ワタシたちのような身分の低い人間には関係ないかもしれないけどね」

いいや、関係大ありだ。

何を隠そう、このところ俺が無駄に疲労しているのは、『貴族殺し』の対応に追われているからだからな。

まあ、二人の前では口が裂けても言うことはできないわけだが。

「静粛（せいしゅく）に。それでは、朝のＨＲ（ホームルーム）を始めようと思う」

そうこうしているウチに俺たち1Ｅの担任教師であるリアラが入ってくる。

黒髪でスーツをキッチリと着こなしたリアラは、この学園では数少ない、家柄で生徒を判断しない中立主義の教師であった。

「それでは、今から月末恒例となるＳＰ（スクールポイント）獲得順位を発表しようと思う」

むう。そう言えば、そんなイベントも存在していた気がするな。

ＳＰ（スクールポイント）とは、王立魔法学園に通う生徒たちの成績を可視化した数値となる。

ＳＰ（スクールポイント）は日頃の授業態度、クエスト、試験の結果によって増減する。

この数値は、生徒たちの進級にも関わってくる他、保有ポイントによっては様々な特典が用意されているのだとか。

そうこうしているうちにリアラは、クラスメイトたちの名前が書かれた大きな紙を貼りだしていく。

まずは上位三名の名前が発表されたみたいである。

1位　アルス・ウィルザード　SP(スクールポイント)　55000　等級　SSランク

リストの頂点に書かれていたのは他でもない俺の名前であった。

ふむ。

等級は前回のSランクからSSランクに昇格しているな。

SランクがSP(スクールポイント)の上限だと思っていたのだが、どうやら更に上があったみたいである。

「おいおい……。なんだよ。SSランクって……!?」

「初めて聞いたぞ……！　Sランクより上なんて存在したのか……？」

俺の成績発表を受けて、他の生徒たちの雰囲気が俄(にわか)にざわついていくのが分かった。

高位の貴族が大半を占めるクラスの中では、俺のような庶民はどうしても悪目立ちをしてしまうのだ。

と、ここまでは、前回のランキングと大差のない結果だ。

だが、今回は少しだけ変わったところがあった。

「ふふふ。ようやくアルスくんと肩を並べられるね」

「やりました！　ついにワタシたち三人で、上位を独占です！」

訓練の面倒を見ていたルウとレナの順位が大きく上がっていたのである。

それぞれ二人の順位は『2位』と『3位』か。

庶民の俺は当然として、ルウとレナは貴族の中では最も位の低い一つ星の貴族である。

「嘘だろ……！　あの二人って一つ星だよな……!?」

「チッ……。庶民から魔法を教わっている恥知らずが……！　不正があったに決まっている……！」

身分が低い『格下』にSPを抜かれたことが堪えたのだろう。

一部の人間たちは、性懲りもなく恨み言を吐いているようだ。

「ここ最近、成績上位の生徒はだいぶ定着してきた傾向にある。だが、成績下位の諸君も気に病む必要はないぞ。来週からは『パーティークエスト』が解禁される。結果によっては、逆転も可能だ」

むう。何やら気になる単語が出てきたぞ。

パーティークエストか。以前に誰かから説明を受けたような気がするな。

曰く。

パーティークエストとは、パーティーを組んで、高難易度の依頼を請け負う制度のことらしい。

得られるSPも多いが、通常クエストよりも遥かに危険性が高い。

ハイリスク・ハイリターンのクエストなのだとか。

「「「…………！」」」

クラスメイトたちの顔つきが変わったようだな。

彼らからしたら、身分の低い人間たちに上位を独占される今の状況は相当な屈辱なのだ。

来週から解禁されるパーティークエストを利用して、逆転を目論んでいるのだろう。

「ワタシたちも油断していられません。さっそく、放課後に集まって、対策を考えていきますよ！」

どうやらレナは、すっかりとヤル気になっているみたいである。

やれやれ。

俺としては、これ以上の面倒事は避けておきたいところだったのだけどな。

パーティークエストは、進級のための必須授業にも指定されているのだ。

思い返してみれば、今まで俺が二人の訓練に付き合ってきたのは、『パーティークエスト』を見越してのことでもあったからな。

準備に関しては、万全と言っても良いのかもしれない。

「一緒に頑張ろう！　もちろん、アルスくんも協力してくれるんだよね？」

「…………」

なるほど。

ノーと言えるような雰囲気ではなさそうだ。

まあ、二人とも『それなり』には成長しているみたいだからな。

多少は危険なクエストであっても、俺が同行すれば、たいして問題は起こらないだろう。


〜〜〜〜〜〜〜〜〜〜〜〜〜〜〜〜〜〜〜〜〜〜


それから。

授業が終わり放課後となった。

俺はというと来週から始まるパーティークエストに向けて、トレーニングのコーチを引き受けていた。

とはいえ、二人とも基礎的なトレーニングのやり方は既に伝授してあるからな。

つまり俺が関われることがあるとすると、非常に限られてくるのである。

「えへへ。お邪魔します」

「わぁ。綺麗なお部屋ですね」

通常の訓練であれば、放課後の空き教室を使っても良かったのだが、今回の訓練の内容を考えるとプライバシーの配慮の届いた空間が望ましい。

選んだのは、王都の《王城に続く道》に面した隠れ家であった。

たしかルウが訪れるのは、二度目だったな。

大きな建物の間の私道を抜けた先にあるアパートは、身を隠すのには、適している場所なのだ。

「……念のために確認しておくのだが、本当に良いのだな？」

二人が提案してきた『新しいトレーニング』というのは、俺にとっても想定外のものであった。

「はい。前々から思っていたのです。アルスくんは、独り占めするよりもルウと『共有』した方が良いのかな、と。美味しいものは、一人で食べるよりも友達と食べると更に美味しくなるはずです」

この期に及んで、食べ物で喩えてくるとは、見上げた女である。

「わたしも同じ気持ちだよ。だって『訓練の効率』を考えると絶対に『二人同時』の方が良い気がするもん」


訓練の効率か。

それを言われると、弱いところではあるのだよな。

もしも今回のことが『個人的な感情』によって求められるものであれば、俺も断っていただろう。

だがしかし。

二人のコーチを引き受けた以上、それが強くなるために『合理的な理由』であれば、断るわけにもいくまい。


「えいっ！」


そうこうしている内にルウが不意を衝(つ)いて唇を重ねてくる。

裏の世界では俗(ぞく)に『魔力移し』と呼ばれている訓練である。

術者の体液を用いて、魔力を分け与え、最大魔力量の底上げを可能にしている。

実力に差がある異性間の師弟によって成立する特殊な訓練法であった。

「はぁ。んっ……。ちゅっ……。ちゅっ……」

この女、随分と『魔力移し』が上達したのだな。

初めて会った時は、不慣れであることが直ぐに分かったのだが、今はどうすれば、効率的に俺から魔力を搾り取れるかを考えて、積極的に舌を動かしてくるようになっていた。

魔力を求めるルウによって、自然と俺の体はベッドの上に押し倒されることになる。

「あ。ずるいですよ！　ルウ！」

「えへへ。こういうのは早い者勝ちだよ」

さて。どうやらルウの次は、レナが『魔力移し』をする番のようである。

「んっ……。ちゅっ……。はぁ……。ちゅっ……」

こちらも魔力を求めて、一心不乱に唇を求めてくる。

ルウと比較をすると少々、ぎこちなく感じられるキスだ。

効率を求める冷静なルウと比べると、拙いながらも情熱を感じられる口づけであった。

「隙ありだよ。アルスくん」

レナに魔力を分け与えていると、隣にいたルウが俺の制服を脱がせてくる。

「ふふふ。流石にアルスくんも『二人同時』というのは慣れていないみたいだね」

むう。ルウには見透かされていたか。

通常、魔力移しというのは、異性間の一対一で行われるのが慣わしとなっているのだ。

同時に複数を相手にするのは、裏の世界での生活が長い俺にとっても初めての経験なのである。

「アルスくんはジッとしていてください」

実のところ、『魔力移し』をするには、口づけよりも『性行為』をする方が効率的であるのだ。

俺にとって性行為は、単なる魔力強化のための手段に過ぎない。

仮に二人同時であろうとも、それは同じことである。

「今日はワタシたちがリードしてあげるよ」

やれやれ。

裏の世界では『最強の暗殺者』として、小娘たちに随分と都合よく利用されるようになってしまったな。

とはいえ二人の訓練を引き受けてしまった以上は断るわけにもいかない。

今日は長い夜になりそうである。

一　３話　一　パーティークエスト

でだ。週末を二人の訓練に費やしているうちに時が過ぎた。

授業が終わって放課後。

今日は件の『パーティークエスト』が解禁される日である。

「ふう。いよいよ今日から始まるな」

「ああ。絶対に逆転するぜ。庶民なんかに負けていられるか」

クラスの連中が纏う雰囲気は、心なしかいつもより緊張感が漂っているように思える。

つつがなく授業を受けた俺たちは、さっそくパーティークエストを達成するために、街に繰り出すことにした。

「これがターゲットの情報かぁ。簡単に見つけられると良いのだけど」

ターゲットの依頼書を目にしたルウが溜息を吐きつつも呟いた。

ふうむ。連続食い逃げ犯の確保、か。

パーティー前提の高難易度クエストと聞いていたので、どんなクエストが用意されているのかと身構えていたのだが、少し拍子抜けだ。


デヴィット・デネブン。


推定、百以上の飲食店で無銭飲食をした経歴を持った『伝説の食い逃げ犯』らしい。

どれどれ。

資料に目を通した限り、食い逃げ以外には、これといった罪状は見当たらないな。

小悪党にも程があるぞ。

俺が今まで仕事で対応してこなかったタイプの犯罪者である。

「無銭飲食とは言語道断！　なんて非道な極悪人なのでしょうか！」

若干一名、そうは思っていない人間がいるみたいである。

資料を読んでいるレナは、怒りで両手をワナワナと震わせているようであった。

「でも、どうやって犯人を探そうか？　闇雲に探しても絶対に見つかるはずがないよ」

ルウの不安はもっともだ。

今回のターゲットは遭遇さえしてしまえば、まず、負けることのない相手である。

だが、この広い街の中から、特定の人間を探すのは、砂漠の中から針を見つけるようなものだろう。

「大丈夫です！　それについては心配ありません！」

大きな胸を張って、レナは言う。

「資料を読んで、犯人の『食の好み』、『お腹の空く時間』は把握しましたから。これからワタシがリストアップしている店を辿っていけば、見つけられるはずですよ」

「「?…?…?…」」

思わず、ルウと同じタイミングで首を傾げてしまう。

食の好みを把握して、ターゲットの位置を特定……？

果たしてそんなことが可能なのだろうか？

とはいえ、他にこれといった手がかりがないのも事実である。

ひとまず今は、レナの考えに従ってみることにしよう。


〜〜〜〜〜〜〜〜〜〜〜〜〜〜〜〜


でだ。

放課後の空き教室で作戦会議を済ませた俺たちは、外に出て、ターゲットの探索を始めることにした。

《暗黒都市》の中では、最近になって再開発された綺麗な街並みのエリアだ。

こんな場所に薄汚い食い逃げ犯がいるのだろうか。

俺としては、疑問が残る展開である。

「ねえ。もしかして、あの人なんじゃない……？」

最初に疑問の声を上げたのは、先頭を歩いていたルウであった。

いやいや。

この《暗黒都市(パラケノス)》は、総人口が五十万人を超える巨大な街だ。

仕方がなくクエストで付き合ってはいるが、この街でターゲットを探すのは、不可能に近い。

少なくとも今日明日中に終わるような依頼ではないと思うのだけどな。


「いや、アイツだ……」


間違いないぞ。

なんということだろう。

正直、俺も自分の眼で確認するまで俄(にわか)には信じられなかったのだが、店にいるのは紛(まぎ)れもなくターゲットであった。


「うまっ。うま。うま。うま！」


綺麗な店内の中で、薄汚い巨漢の男が大飯を食らっている。

ふむ。この様子で、今までよく捕まらなかったな。

上品な店の中にあって、食い逃げ犯の男は、明らかに悪目立ちしているようだった。

「マスター！　おかわり！」

おいおい。まだ食うのかよ。
ターゲットの男、デヴィットのテーブルには、山のように皿が積み上がっていた。
服からはみ出た贅肉は、かなり見苦しい様子である。

「凄い食欲……。レナとどっちが食べるんだろう……」
「し、失礼ですね！　流石のワタシも、こんなに沢山は食べられませんよ！」

果たしてそれはどうだろうな。
こと食欲という点に関しては結構、良い勝負な気がするぞ。
ふうむ。
それにしても、こんなにも早くターゲットを見つけられたのは予想外だった。
レナの勘も侮れないな。
同じ大食い同士、通じるものがあったのかもしれない。

「あの、お客さん、そろそろ会計を……」

とんでもない量の皿が積み上がり、店員たちも不審に思ったのだろう。

店の奥から現れた男が、不安そうにデヴィットに向かって尋ねてくる。

異変が起きたのは、その直後であった。

「ハンッ……！　カネならねえ！　文句があるなら、オレから取り立ててみろ！」

威勢よく啖呵を切った男は、そのまま凄まじい勢いで店を飛び出したのだ。

「あの、お客様……!?」

「ナハハハ！　あばよ！　メシは、まあまあ旨かったぜ！　65点といったところかな！」

おいおい。

巨体の割に、なんて俊敏な男だ。

特に魔法を使った形跡はないが、驚異的なスピードである。

あれだけの食事量の後に、全力疾走できるのは、ある種の才能と呼べる。

伝説の食い逃げ犯、の異名は伊達じゃないのかもしれないな。

「彼の行動は食に対する冒瀆です！　許せません！」

「逃げていったよ！　追いかけよう！」

ふむ。

今回の相手は二人に実戦経験を積ませるには、良い機会なのかもしれないな。

二人の成長のためにも、俺はサポートに回ることにしよう。

「ああん？　なんだ。コイツらは……。学生か？」

振り返ったデヴィットは、人を小馬鹿にしたような表情を浮かべる。

「ハンッ！　伝説の食い逃げ犯と言われたデヴィット様も舐められたものだな。小娘が！　オレ様の動きについてこられるかな！」

不敵に笑った食い逃げ犯の男は、腹を揺らしながら大きく跳躍。
近くにあった建物の屋根に飛び移る。
体重を感じさせない軽やかな身のこなしだ。
よくもまあ、魔法を使わずに、これだけ素早く動けるものだな。

「逃がしません！」

身体能力に秀でたレナが後に続く。
スカートを翻しながらも、屋根に着地したレナは、その後もピッタリと犯人の背中をマークしているようである。

「チッ……。しつこい姉ちゃんだな……！」

男の息が少しだけ上がっているようだ。
流石に体格的に、スタミナまでは無尽蔵というわけではないようだな。
瞬発力はあっても体力には多少の難があるようだ。

「そこです！」

ターゲットの男に追いついたレナが、先回りをして攻撃を仕掛ける。

素早い身のこなしから繰り出されるハイキックだ。

「うおっと。あぶねぇ！」

大きな腹を揺らしながらも男は、間一髪のところで攻撃を回避する。

ふむ。今の一撃はレナの全力ではないな。

ターゲットを誘導するために、あえて、弱い攻撃を繰り出したのだろう。

「へへっ。残念だったな。姉ちゃん！」

屋根から飛び降りた男は、窮地を脱して、安心しているようであった。

いや、残念なのは、果たしてどちらの方かな。

勝利の女神は、俺たちの陣営に微笑んだようである。

「ぬおっ！」

足を滑らせた男が大きく体のバランスを崩した。
どうやら着地先の地面が、氷漬けにされていたようである。

「やった！　上手くいったよ！」

なるほど。
ルウが先回りをして、トラップを仕掛けていたのか。
レナの攻撃で敵の動きを操り、ルウの魔法で絡めとる。
幼馴染らしい、息の合ったコンビプレイだ。

「グッ……。畜生……！」

自慢の機動力を封じられて、他に打つ手がなかったのだろう。
手を後ろに回した食い逃げ犯は、お尻のポケットの中から銃を取り出した。

「やめておけ。お前の負けだよ」

男が妙な気を起こす前に、銃口を突き付けて牽制（けんせい）しておく。

「なっ……。お前……。いつの間に……!?」

いつの間にか俺に背後を取られた食い逃げ犯の男は、愕然（がくぜん）とした。

「ウグッ……。オレも焼きが回ったということかよ！」

自らの敗北を察した男は、握っていた銃を落とした。
ふむ。諦めてくれたようで何よりだ。
まあ、この男は、俺が今まで相手にしてきた凶悪犯罪者というわけではないのだ。
銃を出したのは単なる脅（おど）しで、撃つ気なんてサラサラなかった可能性が高そうだな。

「やったね！　レナ！」
「ええ。悪は成敗（せいばい）されました。チームの勝利です！」

チームの勝利か。

俺の見解としては、少し違うな。

おそらく今回の任務に関しては、俺のサポートを抜きにしても達成することができただろう。

認めるのは少し癪ではあるが、二人の成長は目覚ましいものがある。

いつの日か、二人が俺の手を離れて、魔法師として独り立ちをして、活躍をする。

そんな未来が直ぐそこにまで迫っているのかもしれないな。

―４話― 公安の動向

それから。

無事に食い逃げ犯を捕まえた俺たちは、騎士団の拠点に向かった。

「ふっ……！　あっぱれだ。このオレ様を捕まえるとは、たいした嬢ちゃんたちだぜ……！」

捕らえられた食い逃げ犯は、意外なことにそれほど抵抗はしなかった。

まあ、数こそ多いが、食い逃げくらいなら、数年以内に出所できる可能性が高いからな。

無駄に暴れずにいた方が、リスクが低いと踏んだのだろう。

「あばよ！　嬢ちゃんたち！　今日のことは、自分を見つめ直す良い機会になったぜ……！」

そんな捨て台詞(ぜりふ)を吐いた食い逃げ犯は、騎士団員たちに連行されて、立ち去っていく。

やけに引き際が良い男だな。

俺が今までに対応してこなかったタイプの犯罪者である。

「次は負けねえ。今度こそ、嬢ちゃんたちから逃げきってやるぜ！」


前言撤回（ぜんげんてっかい）。

やはり、この男は、まったく懲（こ）りていないようである。

できれば暫（しばら）くの間、捕まったままでいてほしいところだな。


「やったね！　ＳＰ（スクールポイント）を大量ゲットだよ！」

「ええ。これで暫くは、上位をキープできそうです！」


今回の獲得ＳＰ（スクールポイント）は一人当たり、５０００ポイントだった。

あの男、小物に見えて、随分（ずいぶん）と高く評価されていたみたいである。

今日一日で合計１５０００ポイントも稼（かせ）ぐことができたというわけか。

他のクラスの連中には悪いが、暫くは、俺たちの上位独占は揺らぐことはなさそうだな。

「報酬が出たのは嬉しい誤算でしたね」

「うん。これで暫くは、バイトの数も減らせそうだよ」

どうやらパーティークエストは、ＳＰの他にも、懸賞金を獲得できる仕組みとなっているようだ。

既に仕事を持っている俺にとっては、たいした額ではないのだが、二人にとっては大きい収入なのだろう。

貴族といっても、その存在は、一括りにはしにくいものがある。

レナやルウのような一つ星の貴族は、経済的にも苦しく、放課後はアルバイトに時間を割かなければならなかったのだ。


〜〜〜〜〜〜〜〜〜〜〜〜〜〜〜〜〜〜


それから。

無事にクエストを終わらせた俺たちは、橋を渡って夕日の射す帰路を歩いていた。

「ですからワタシの推しは、断然バケツプリンなんです。値段とボリュームのバランスを考えると、必然的にバケツ一択になるんですよ。中でも、あの店のチョコレート味は絶品ですよ。ルウも一度、食べてみてください。ワタシの紹介であれば、ホイップクリームの増量くらいはしてもらえると思いますよ」

「いやー。私、そんなに食べられないと思うなあ」

少し前を歩くレナとルウが、何やら他愛（たわい）もない話を交わしているようであった。

不意に俺の足は止まり、視線は、朱色の差した川の方に向いていた。

「……どうしたの？　アルスくん」

「…………」

俺の身を案じたルウが振り返って尋ねてくる。

「……いや。なんでもない。少し考え事をしていただけだ」

何故だろうな。

こういう日常を過ごしていると、何処（どこ）か、居心地が悪い気分になる。

胸が締め付けられるような気分になるのだ。

『……他人にワタシの心を理解できるとは思えませんが、ワタシは心の何処かで死を望んでいたのでしょう』

その時、俺の脳裏に過ったのは、先日、戦った暗殺者の姿であった。

俺は、幸せになるべきではない人間だ。

暗殺者として生きてきた俺に、人並の日常は馴染まない。

日の当たらない『影』こそが、俺が生きるべき場所なのだ。

あの時、俺に殺された刺客は、それはそれで幸せだったのだろう。

「アルスくんはいつも難しく考えすぎなのです。人間、お腹いっぱい食べられたら幸せです。それでいいじゃないですか」

「…………」

相変わらず呑気なやつだな。

だが、まあ、この女の言うことにも一理あるか。

何かにつけて、物事を深く考えてしまうのは、俺の悪い癖なのかもしれないな。


「そうだ！　報酬も入ったことだし、みんなで、遊びにいこうよ！」

「良いですね！　アルスくんに、とびきりのバケツプリンを食べさせてあげたいと思っていたのです」


やれやれ。

こいつらといると、毒気が抜かれるな。

だが、まあ、神経質な俺と組んでいることを考えると、ある意味では、バランスが取れているのかもしれないな。

異変が起きたのは、俺がそんなことを考えていた直後のことであった。


「…………!?」


何か、敵意を持った存在が近づいてきているようだな。

気配を隠す気のない、力を顕示するような歩き方だ。

足音だけでも、おおよその敵の特徴を推測することができる。

この感じ、少なくとも暗殺者ではなさそうだな。
公の権力に属する魔法師のようである。

「アルス・ウィルザードだな」

その時、俺の目の前に現れたのは、白色のコートに身を包んだ男たちの姿であった。
この、お高くとまった男たちのコートのデザインには見覚えがあるな。
身に着けている武器から考えても、騎士団員のものと考えて良いだろう。
だが、一つ、腑に落ちないことがある。
通常、騎士団員が身に纏うコートは『紺色』なのだが、この男たちの隊服は『白色』なのだ。

「我が名はケトス。公安騎士部隊『零課』の隊長を務めるものだ」

集団の中から一歩前に出てきたのは、リーダーと思しき、禿頭に髭を生やした外見の男であった。

「アルス・ウィルザード。貴様を逮捕する。大人しく我々に同行してもらえるかな？」

零課だと……？　初めて聞く名前だ。

だが、男が掲げている紋章は、たしかに騎士団員のものである。

嘘を吐いている、というわけではなさそうだな。

隊服の色が違うのには、何か理由がありそうだ。

「……嫌だと言ったら？」

「残念ながら、お前に拒否権はない！　貴様たちは完全に包囲されているのだ！」

ふう。ある意味では安心した。

やはり俺の人生には、普通の学生らしい日常など似合わない。

血で血を洗う戦場の中にあってこそ、俺は心の平穏を取り戻すことができるのだろう。

「アルスくん……。これは一体……？」

「嘘だよね……。どうしてアルスくんが逮捕されないといけないの……？」

突然の出来事を前にしたレナとルウは、それぞれ戸惑いの表情を浮かべているようであった。

「これより正義を執行する！　貴様が犯した罪を悔い改めると良い！」

橋にいる俺たちを挟み撃ちにするかのようにして、騎士部隊の連中は、大挙して押し寄せていた。

犯した罪、か。

やれやれ。心当たりが多すぎて、どの件のことを言われているのか分かったものではないな。

「撃て！　ソイツを捕らえろ！　手段は問わん！」

リーダーの髭男、ケトスが命令を飛ばして、周りにいる部下たちが発砲を開始する。

質の悪い連中だ。

一般人であるレナや、ルウがいるにもかかわらず、躊躇なく撃ってくるとは荒っぽいにも程があるぞ。

「アルスくん!?」

このまま戦闘が長引けば、二人にまで危害が及ぶことになる。

そう判断した俺は、空から敵を撃ち下ろしてやることにした。


「うぎゃ」「ぐはっ」「ふごっ」

俺に撃たれた騎士部隊の人間たちが呻き声を漏らしていく。

「なんの……。これしきのダメージ……」


むう。咄嗟に魔法で防御してきたか。

ここにいる人間は、単なる雑魚というわけではなさそうだ。

まず、間違いなく、全員が魔法の使い手である。

面倒な状況だ。

いつも仕事で戦っている輩であれば、何人始末したところで咎められることはないだろう。

だが、ここにいる連中は違う。

もしも打ちどころが悪くて、命を奪ってしまうと後々にトラブルの火種を呼び込んでしまうことになるだろう。

「火炎連弾(バーニングブレット)！」

「氷結槍(アイスジャベリン)！」

この男たちは、それぞれが鍛錬を積んだ魔法師のようだ。

後衛に構える騎士団員たちが、一斉に攻撃魔法を仕掛けてくる。

「何をしている！　敵は一人だぞ！」

ふう。こう数が多いと手間がかかって仕方がないな。

急所を外して、敵を無力化していくのも限界があるような気がする。

「動くな！　死運鳥(ナイトホーク)！」

殺気の籠(こ)もった声で俺を睨(にら)んできたのは、最初に俺に声をかけてきたケトスであった。

「彼女たちの命が惜しければ、我々と同行を願おうか？」

「…………」

脅しではないようだな。

やれやれ。

まさか公に『正義』を掲げている人間たちが、一般人を人質に取ってくるとは予想外である。

「アルスくん……」

ふう。俺一人であれば、切り抜けることはできるだろうが、二人の安全を考えると、大人しくしていた方が良さそうだな。

今は素直にコイツらの言うことを聞いておくことにするか。

俺を殺すことが目的ならば、最初から『捕らえろ』などという命令はしないだろうからな。

「捕らえろ！　その悪党を連行するのだ！」

両手を挙げて抵抗する意志のないことを示してやると、騎士団の連中が俺の周りに群がってくる。

はあ。まさか、この俺が騎士団に捕まる日が来ることになるとはな。


「離して下さい！　これが国家のすることですか！」

「どうして！　アルスくんが何をしたっていうの⁉」


後ろの方で二人が何か叫んでいる。

やれやれ。

何やら、とてつもなく面倒なことになってしまったな。

こうして俺は、騎士団の人間に連れられて、二人と離される。

元来た道を振り向いてみると、夕日は沈んで、ただただ、先の見えない暗がりが広がっていた。

―5話― 尋問

それから。

騎士団の連中に連れられて、俺が辿(たど)り着いた先は、薄暗い地下の尋問室であった。

「貴様！　なんだ、その不遜(ふそん)な態度は！　いい加減に洗いざらい吐いたらどうなんだ！」

手足を手錠(てじょう)で拘束(こうそく)された俺は、取調室の中で騎士団の人間たちに詰められていた。

ふうむ。どうやら外にも数十人の人間が待機しているようだな。

たかだか、学生一人を相手に、たいした警戒振りである。

「答えろ。死運鳥(ナイトホーク)！　貴様はその薄汚れた手で何人の尊(とうと)い命を奪ってきた！」

実にくだらない質問である。

数を数えることになんの意味があるというのだろうか。

初めて人の命を奪ったのは、まだ、数の数え方も知らない子供の時のことであった。

この男たちには、算学よりも先に殺人の技術を教えられた人間の気持ちなど分かるはずもないだろう。

「今日、お前に撃たれた人間の中には、一つ星（シングル）の貴族もいた！　貴族殺しは、大罪だ。酌量（しゃくりょう）の余地はない！」

話にならないな。この連中。

手足を塞（ふさ）がれているとはいっても、俺から言わせれば、この部屋に施（ほどこ）された警備は十分ではない。

その気になれば、強行突破することはできるだろう。

だが、外の状況が分からないのが気がかりだ。

勝手な行動を取れば、組織に迷惑がかかるかもしれない。

「おい。オレにもやらせてくれ！」

「ふふふ。伝説の暗殺者（アサシン）を一方的に殴（なぐ）れる機会なんて、またとないだろうからな」

やれやれ。仕方がない。

欠伸の出るような尋問であるが、退屈しのぎくらいにはなるだろう。

ここは大人しく、親父あたりが手を回して、釈放してくれるのを期待した方が良さそうだ。


〜〜〜〜〜〜〜〜〜〜〜〜〜〜


でだ。

尋問室を経て、俺が連れてこられたのは独房であった。

何もない、薄暗い部屋だ。

広さは四畳半にも満たないくらいだろう。

遮光窓の類がまったく設置されていないのは、捕らえている人間を脱獄させないためなのか。

はたまた囚人を精神的に弱らせることが目的なのかもしれない。

時計も置かれていないので、時間の経過は、自分の感覚で推測するしかなさそうだ。

それから。

一体どれくらいの時間が流れただろうか。

壁に刻まれた跡だけが、時の経過を教えてくれる。

この壁の跡は、毎日、目が覚めた時につけているものだ。

ふむ。

俺がこの独房に入れられてから十日が過ぎたようだな。

これだけ、まとまった休暇をとるのは随分と久しぶりな気がする。


「外に出ろ。死運鳥」


看守の男から声をかけられたのは、俺がそんなことを考えていた直後のことであった。

「貴様に面会を希望する男がいる。今直ぐ着替えて外に出ろ。十分だけ時間をくれてやる」

看守の男の態度は、心底不機嫌そうなものであった。

ふむ。

俺が外に出て人に会うのは、看守としては面白くないことのようだな。

囚人にも最低限の権利がある、ということなのだろう。

であれば、素直に権利を享受しておくことにしよう。

いい加減、ジメジメした場所に閉じ込められるのにも、飽き飽きしていたところだったのだよな。

～～～～～～～～～～～～～～

むう。

意外なタイミングで意外な人物に出会ったものである。

別室に連れ出されて、暫く待機していると、そこに現れたのは、馴染みの顔であった。

「ア、アニキ！　よくぞ、お元気で！」

このトサカ頭の男の名前はサッジと言う。

俺と同じ裏の世界に生きる魔法師であり、魔法師ギルド《ネームレス》に所属する後輩である。

何かにつけて力任せの仕事振りを見せることから、組織から猛牛の通り名を与えられた男であった。

「うおおおおおお！　アニキいいいいいい！」

久しぶりに再会して思うところがあったのだろうか。

俺の姿を目にしたサッジは、鼻水を垂らしながらも、近づいてくる。

「離れろ。気色が悪い」

相変わらず、暑苦しいやつだな。

ここが敵地でなければ、殴ってやりたいところだが、生憎と今は遊んでいられる時間はなさそうだ。

今は外の情報を得られる絶好のチャンスだろうからな。

手短に要件のみを伝えるべきだろう。

「サッジ。今、何日だ?」

「へいっ。アニキがムショに入ってから、だいたい、今日で十日が経ちました」

十日か。まあ、大体、俺が予想していた範囲内だな。

あれだけの事件が起こってから十日が経過しているのだ。

外の様子がどうなっているのか、心配なところではあるな。

「聞いてくだせえ！　アニキがいなくなってから外は、大変なことになっていますぜ！」

それについては、ある程度の想定はしていた。

あれだけ大人数の騎士団員が、俺を捕まえるために暴れまわっていたのだ。

「まさか《ネームレス》が解散の危機に陥ることになるなんて、オレ、マジでどうすれば良いのか分からねえんスよ！」

「…………!?」

サッジの口から何やら不穏な言葉が聞こえてきたぞ。

組織が解散？　俄には信じがたい話である。

流石の俺もそこまでの予想はしていなかった。

〜〜〜〜〜〜〜〜〜〜〜〜〜〜〜

それから。

サッジは、俺が閉じ込められて間に起きた出来事をかいつまんで説明してくれた。

「ここ数日の間に組織の偉い人たちが次々と捕まっちまったんスよ。奴ら……。白い服を着た騎士部隊の仕業（しわざ）です！」

ふうむ。白い服を着た騎士部隊というと、俺を捕らえにきた時と同じような状況だな。

組織の解散、か。

最初に聞いた時は驚いたが、ありえない話ではないか。

俺たち《ネームレス》は、もともと、政府が公（おおやけ）にできない汚れ仕事を請け負ってきたのだ。

上がその気になれば、トカゲの尻尾（しっぽ）切りのように扱われるリスクというのは、常に付き纏（まと）うことになる。

上層部（スポンサー）の気分が変われば、そういった事態が起きる可能性も十分に考えられるのだ。

「クソッ！　組織が動けないせいで、街の治安は、滅茶苦茶なことになっていますよ！」

曰く。《ネームレス》の機能が停止したことにより、《暗黒都市》の犯罪抑止能力は著しく低下しているらしい。

この状況が続くのは非常にまずいな。

今は水面下で大人しくしている犯罪者たちも、俺たちが弱っていることに気付いたら、活発に動き出すだろう。

「親父はなんて言っているんだ？」

「ジェノスの旦那なら、政府に抗議に行くと言い残した後に行方不明なんスよ！　だからオレ、マジでどうしたらいいか分からなくて……」

「…………」

なるほど。事態は俺が思っているよりも深刻のようだな。

組織を実質的に取りまとめていたのは、親父だ。

その親父が消息を絶ったとあれば、組織内部の統率を取ることは不可能といっても良いだろう。

「チッ……。面会時間は残り一分だ。とっとと支度を済ませておけ！」

さて。

本音を言うと、もう少しサッジから情報を引き出しておきたいところではあったのだが、生憎と俺は籠の中に囚われている身だからな。

そうそう自由に動くことはできそうにないようである。

「最後に良いか……。学園の様子はどうなっている？」

時間が迫り、咄嗟に出てきたのは、自分でも意外な言葉であった。

「へいっ！　王立魔法学園でしたら、アニキが捕まってから数日後に休校。なんでも学園長の判断らしいッス！」

ふむ。学園長というと、たしか、入学式であった男だな。

名前はたしか、デュークといったか。

まあ、高位の貴族の子息たちが集(つど)う学園なのだ。

生徒たちの安全については、配慮(はいりょ)しなくてはならないのだろう。

「レナちゃんとルウちゃんも無事ッスよ！　二人とも、アニキが心配で、必死になって探していたようでした！　偶然、街であった時に、アニキは無事だから避難しておくよう伝えておいたッス！」

「そうか」


ふむ。サッジにしては気の利(き)くファインプレーだな。

二人が無事で何よりだ。

俺たち《ネームレス》の機能が完全停止した以上、もはや、王都の周辺は人々が安全に生活できる場所ではないだろう。

俺を探していた、か。

無理をしすぎ、と、いつの日か言われた台詞(せりふ)をそっくりそのまま返してやりたい気分である。

「時間だ。死運鳥(ナイトホーク)」

さて。今度という今度こそ、本当に時間が訪れたようである。


「アニキ……」

「時が来たら、必ず、俺はここを出る。その時は頼りにしているぞ。サッジ」

「…………!?」


おそらく、俺のこの言葉を待っていたのだろうな。

耳打ちしてやると、サッジの表情が引き締まったような気がした。


「チッ……。何をブツブツ言っている。早くこっちにこい！」


痺(しび)れを切らした看守の男が近寄ってくる。

やれやれ。これでもう暫(しばら)くは、監獄(かんごく)生活が続きそうだ。

ガチャリッ。

俺のことを連れて別室に移動した看守の男は、わざとらしく音を立てて扉を閉ざした。

そして、心底、人を見下したかのような笑みを零(こぼ)して口を開く。

「喜べ。死運鳥（ナイトホーク）。お前の行き先が決まったぞ」

俺の行き先だと？　この男、妙なことを言うのだな。
つまり俺を捕えているこの場所は、あくまで一時的な処置に過ぎず、真の行き先は別にあるということか。

「その名を《大監獄》。一度、入ったが最後。アリンコ一匹、逃げ出すことができない。世界最悪の生き地獄よ」

ふむ。《大監獄》か。どこかで聞いたような名前だな。
組織の非常事態を知った以上、あまり、ゆっくりとしている余裕はないのだけれどな。

「どうだ！　絶望したか？　お前はこのまま、ずっと籠の中で囚われ続けるのだ！」

なるほど。
どうやら男は、俺が《大監獄》の名を聞いて絶望するのを期待したようである。
であれば、アテが外れたようだな。

「……何処(どこ)にでも連れていくとよいさ。狭い鳥籠(かご)の中に退屈していたところだったんだ」

考えようによっては、この状況はチャンスかもしれない。

俺の記憶が正しければ、《大監獄》の中には、『あの男』がいるはずなのだ。

上手(うま)く接触することができれば、今、この国で起きていることを知ることができるかもしれないな。

6話　大監獄の再会

車輪が小石を跳ね上げる度にガタガタという激しい音が車の中を包み込む。

面会が終わり『新しい行き先』が告げられてから翌日のことだ。

拘束された状態で、俺が向かった先は、《暗黒都市》から馬車を走らせて三十分ほどの場所にある山林地帯であった。


「降りろ。今日から、ここが貴様の家だ」


案内されたのは、草木の生い茂る荒々しい道のりだ。

おそらく、もう、長い間、人の手が入っていないのだろう。

荒廃した道のりである。

暫く道なき道を進んでいくと、見えてきたのは、年季の入った四角い形の建築物だった。

あれが《大監獄》か。

垂直に聳(そび)え立つ窓のない建築物は、まるで外の世界との関わりを拒絶しているようであった。
噂には聞いていたが、随分(ずいぶん)と悪趣味な場所もあったものである。

「開けてくれ。例のガキを連れてきた」

運転手の男がそう告げると、目の前の扉が音を立てて開き始める。
むう。何やら嫌な臭(にお)いがするな。
この臭いは、貧困街(スラム)でも、嗅(か)いだことがある。
不衛生な生活環境に置かれた人間の特有の臭いだ。
たとえるなら、暫く水浴びをしていなかった野良犬の臭いにも少し似ているな。

「ギヒヒヒ。新入りが来たみたいだぜ」

心底、不快な視線だ。
どうやら入口の先は、大きな通路になっているようである。
その両サイドには金網(かなあみ)が張られており、周辺には人だかりができていた。

「WELCOME　TO　UNDERGROUND」

門の近くにいた怪しげな男が、ポツリと低い声で呟いた。

なるほど。

この催しは、《大監獄》の住人なりの俺に対する歓迎パーティーのようだな。

「おいおい！　可愛い子ちゃんじゃねーか！」

「キャハハハ！　あの上玉は、オレのモノだ！」

金網越しに俺のことを見つめるのは、数十人の男たちである。

当たり前だが、それぞれ、身なりは清潔とはいえない状態だ。

のっけから関わりたくない雰囲気が蔓延している。

「はぁ……はぁ……。オレ、もう我慢できねぇよ」

「何処の部屋に配属されるんだ？　同じ部屋になったら、絶対に犯してやるのによぉ」

まるで餓えた獣だな。

《暗黒都市（パラケノス）》が広いとはいっても、これほど劣悪な生活環境は、他に見たことがないぞ。

「喜べ、新入り。貴様には特別な部屋を与える」

看守の男に案内されたのは、『特別危険囚人専用　４０４号室』と書かれた古びた部屋であった。

血の臭いが酷（ひど）いな。

おそらく、前の住人は、ここでロクでもない死に方をしたのだろう。

「有り難く思え。ここは《大監獄》の中でも珍しい個室だぞ。囚人同士で悪巧みできないように貴様のような問題児は、独房で縛（しば）り付けてやろう」

やれやれ。

結局、この《大監獄》の中でも、俺は独りで過ごすことになるのか。

たとえ、それが曰（いわ）くつきの場所であろうと、個室は個室だ。

まあ、今はあのロクでもない連中と過ごさなくて良いことを、喜ぶことにしよう。

〰〰〰〰〰〰〰〰

それから。

何はともあれ、俺の《大監獄》での生活がスタートした。

といっても、俺のような『特別危険囚人専用室』で生活をしている人間は、他の囚人と交流を持つ機会が限られているようだ。

今のところ、毎日、決まった時間に運ばれてくる簡易的な食事をとるくらいで、特に他にやることはない。

この空間、何やら嫌な雰囲気がするな。

なんとなく、体がだるくなったようにも感じられる。

身体強化魔法発動――《解析眼》。

そこで俺が使用したのは、《解析眼》と呼ばれる魔法であった。

なるほど。

どうやら、あの排気口からは強力な衰弱ガスが放出されているようだな。

この状況下では、強力な魔法を使用することは難しそうだ。

おそらく囚人たちが魔法を使って悪さをできないように細工(さいく)しているのだろう。

もともと毒に耐性のある俺はともかくして、他の囚人たちは、これで大人しくさせることができるのだろうな。


「起きろ。４０４番」


監獄生活を暫く続けていた時のことであった。

石のように固いベッドの上で横になっていると、不意に看守の男に声をかけられる。

やれやれ。

この監獄の生活には慣れてきたと思っていたのだが、部屋の番号で呼ばれることにだけは慣れそうにもないな。


「働かざるもの食うべからず。貴様には今日から労働に従事してもらう！」

黄ばんだ歯を零(こぼ)しながらも看守は笑う。

「貴様に任せるのは、便所掃除だ。先輩たちから、しっかりと指導をしてもらうのだぞ」

そう言って看守が渡してきたのは、ボロボロの布切れと錆だらけのバケツであった。

汚れているな。

それに牛乳が腐ったような悪臭がする。

この場合、まずは、清掃道具を清掃するべきだと思うのだが、まあ、今は余計なことは言わない方が良いのかもしれない。

「よぉ。新入り」

案内された場所に向かってみると、そこにいたのは、四人組の囚人たちであった。

「準備はできたか？　オレたちが手取り足取り指導してやるよ」

ふむ。何やら嫌な予感がするな。

男たちの様子は、明らかに、これから掃除をするような雰囲気ではない。

何か、悪事を企んでいるような感じである。

ガチャリッ。

俺がトイレの中に入ると、囚人の一人が内側からカギをかけてくる。
どうやら、閉じ込められたみたいだ。

「おい。外に見張りを立たせたか？」
「ああ。バッチリだ。お楽しみの時間だぜ」

ズボンのベルトを緩めながら男たちは笑う。

「何の真似だ？　便所掃除と聞いていたのだが……」
「へへっ。悪いな。オレたちは、ちょっとばかし飢えていてよぉ。仕事の前に協力してくれや」
「悪く思うなよ。お前みたいな若い男、この《大監獄》の中では珍しいんだ」
「はて。なんのことかな」

あくまで惚けた態度を貫いていると、痺れを切らした男たちの態度が、豹変した。

「チッ……。察しの悪い野郎だな。お前が便所になるんだよ！」

やれやれ。言っている意味がよく分からないが、どうやら、この男たちは俺に危害を加える気があるらしいな。

であれば、こちらとしても遠慮はいらない。

同じ場所に収容された先輩だからといって、敬意を払う必要が一切なくなったようである。

「野郎！　やっちまえ！」

「「「おう！」」」

欲望を剝き出しに男たちが一斉に襲い掛かってくる。

まったくもって、くだらないな。

この程度の相手であれば、掃除の片手間で相手にできるだろう。

「なっ……。前が見えない……」

当然の結果だ。

俺は咄嗟にバケツに入っていたボロボロの布切れを投げることで、敵の視界を塞いでやったのである。

「ぎゃっ」「ふごっ」「ぐほっ」

近くにあったデッキブラシを手にした俺は、文字通り、襲い掛かる囚人たちを『掃除』してやることにした。

さてと。

依頼されていた『掃除』の仕事は、これで、終えることができたかな。


「動くな！」


ふむ。どうやら敵が一人、残っていたようだな。

まあ、最初から気づいていたわけだが。

仲間の危機を聞きつけて、入口に見張りとして立っていた囚人が駆けつけてきたようである。

「オレはなぁ……。シャバでは、もう十人も人を殺ってきたんだ。女も男も関係ねぇ。気に入ったやつは全員、犯してやった！　ヒヒヒッ！　お前さんの首を掻っ切ることくらい訳はねぇんだぜ」

この程度で脅しのつもりか。

男が手にしていたのは、便所の鏡の前に落ちていたと思われるガラスの破片である。

「で？」

三流だ。殺した人間の数を誇っている時点で。

悪人としても、暗殺者としても。

「な、なんだよ……。これ……」

この程度の相手であれば、俺が直接、手を下す必要もないだろう。

強い言葉を吐いているようだが、本気で『殺す気』がないのは明白だ。

意趣返しとして、俺は『ホンモノ』の殺気を飛ばしてやることにした。

「あが……。あがががが……」


ふむ。この程度の覚悟で俺を殺すつもりだったのであれば、身の程知らずにも程があるな。

俺の殺気をあてられた囚人は、失禁しているようであった。

やれやれ。

便所掃除は、もう済んだと思っていたのだが、汚れてしまったようだな。

仕方がない。

掃除道具はここに置いておくので、コイツらに後始末は任せておくとしよう。


〜〜〜〜〜〜〜〜〜〜〜〜〜〜〜〜


でだ。

《大監獄(だいかんごく)》で生活を開始してから数日の時が過ぎた。

通常の刑務所であれば、囚人には軽作業を任されることが多いのだが、この《大監獄》の中では話が違ってくる。

なんせ、ここに捕らえられている囚人たちは、札付(ふだつ)きの大悪党たちである。

看守たちも可能な限り、檻の外に出したくはないだろう。

「メシの時間だ！　お前ら、表に出ろ！」

「「…………」」

檻の外に出られるタイミングは、食事と入浴の時間くらいか。

この環境では、ストレスで囚人たちがおかしくなってしまうのも、無理はないのかもしれないな。

「さあ。遠慮はいらないぞ。たくさん食え」

他の囚人たちが会話をしている、今日は週に一度の『特別食事会』ということらしい。

なるほど。

たしかにいつもより、食事が心なしか豪華なようにも感じるな。

看守の指示を受けた囚人たちが、一斉に食事をとっているようであった。

「う、うめぇ！　うめぇ！」

「この味、たまんねぇな！」

囚人たちは、唾を飛ばしながら、一心不乱にガツガツと食事を貪っているようであった。
ふうむ。この食事、何やら、きな臭い感じがするな。

身体強化魔法発動――《解析眼》。

この食事、毒が盛られているようだな。
毒の成分は、食べた人間の脳に刺激を与えて、無気力状態にする効果があるようだ。

「どうした。新入り。お前も早く食べるんだ」

見回りにきた看守の男がニヤついた顔で声をかけてくる。
なるほど。
薬物を使って、囚人たちを管理しているというわけか。
下種なやり口だ。
とても国家のやることとは思えない。

だが、ここにいるのは、他の刑務所では手に負えなかった悪党だからな。

犯罪者たちをコントロールするために、黙認されているのだろう。

「ああ。有り難く頂くぞ」

まあ、この程度の俺に毒は効かないので、普通に食べても大丈夫だろうな。

仕事柄、様々な毒に対する耐性をつける訓練を行ってきているのだ。

「ああ。問題ない。４０４番に例の食事をとらせることに成功した……」

「愚かなやつだ……。薬が入っているとも知らないで。これで奴は我々の操り人形よ」

ふむ。案の定だな。

俺が食事を口にした直後、看守の男たちがそんな言葉を口にしているようであった。

さてさて。

本当に愚かなのは果たして、どちらだろうな。

ここは騙されたふりをして、油断させておいた方が、後々に動きやすくなりそうだ。

今はただ、薬を盛られたことに気付かず、薬を盛られた愚かな囚人を演じておくことにしよう。

～～～～～～～～～～～～～～～

それから。

どうやら食事が終わった後は、入浴の時間のようである。

「オラァ！　貴様ら！　いつまでだらけている！　早く移動を開始せんか！」

看守の男に命令されて、俺たちは食堂を後にする。

ふむ。

そう言えば、この《大監獄》の中に入ってから風呂に入ったことはなかったな。

まったく、不衛生極まりない。

魔法を使って、最低限の清潔さを保てる俺は別として、他の囚人たちは悲惨な状態だろう。

「グへへ……。風呂だ……。風呂……」

「おい。横入りするなよ。オレが先に並んでいたんだ」

見るに堪えない嫌な光景だな。

囚人服を脱いだガラの悪い男たちが、浴場の前に行列を作っている。

カラスの行水とは、こういった状況を指す言葉なのだろう。

最小限の時間しか与えられていないので、目の前の行列は次々にはけていく。

「おらぁ！　テメェは黙ってオレたちの言うことを聞いていれば良いんだよ！」

むう。何やら浴室の中で騒ぎが起きているみたいである。

イジメか。人間は、流動性のない環境で集団で生活していれば、必ず誰かを虐げずにはいられない生物なのだ。

悲しいかな。

このストレス値の高い環境下で、モラルのない男たちが暮らしていれば、無理のない話なのだろう。

「クッ……。誰が……。貴様らなぞに……。屈してなるものか……」

何処(どこ)かで聞いたことのあるような声だな。

イジメを受けている男は、この《大監獄》の中では、珍しく凛(りん)とした知性のある声をしていた。


「おうおう！　威勢が良いやつだなぁ！」

「ちょうど退屈しのぎの玩具(おもちゃ)を探していたんだ。精々、オレたちを楽しませてくれよ」

どうやら浴室の中でイジメを受けている男が、複数の人間たちに囲まれているようであった。


「しゃぶれや」


前言撤回(ぜんげんてっかい)だ。

ここにあったのは、イジメというぐらいの言葉で形容できるものではない。

もっと別の、ドス黒い何かのようである。

さてさて。

どうしたものか。

ここが檻(おり)の中でなければ、街の治安維持という名目で助け船を出したかもしれないが、生憎(あいにく)

と現在はそういう状況ではない。

　であれば、面倒事を回避するために無視をするのが得策というものだろう。

「汚らわしいウジ虫めっ！　ワタシは騎士団員だぞ！　ワタシに乱暴をして、無事で済むと思うなよ！」

　んん？　今、何か、気になるような単語が出てきたような気がするぞ。

　疑問に思って観察してみると、そこにいたのは、見覚えのある人物であった。

　この男、クロウか。

　公安騎士部隊一課に所属していたクロウは、以前に俺と対峙したことがあったのだ。

　やれやれ。

　まさか、このタイミングで『探していた人物』に巡り合うことができるとは予想外であった。

　そう。

　何を隠そう、俺がこの《大監獄》を訪れた理由は、かつて騎士団の中枢部で活躍していたクロウに、色々と聞きたいことがあったからなのだ。

「なあ。オレ、もう我慢できねぇよ……。早くやっちまおうぜ！」

どうやらクロウがピンチのようだな。

恩を売っておくには、良い機会なのかもしれない。

「失礼。ちょっとそこを通らせてもらうぞ」

この汚らわしい男たちを蹴散(けち)らすのに、手を使うのは抵抗があるな。

だから俺は、手始めに囚人の一人を蹴飛ばしてやることにした。

「ぐおっ！」

ふむ。たいして力を入れたわけでもないのに随分(ずいぶん)と効果があったみたいだな。

石鹸(せっけん)の泡(あわ)で濡れた浴室の床は、良く滑るようだ。

俺に蹴られた囚人の一人はツルツルと転がっていき、勢い良く壁に激突する。

「き、貴様は……！　死運鳥(ナイトホーク)……！」

どうやらクロウが俺の存在に気付いたようだ。
クロウからしたら、俺が《大監獄(だいかんごく)》の中にいることが意外で仕方がないのだろう。

「あんだぁ……？　テメェ……？」

静かな浴場の中で暴れたからだろう。
囚人たちの注目が一斉に俺に集まることになった。

「おいおい！　若いじゃねーか！」
「極上(ごくじょう)の体だ……！　よく鍛えられているぞ……！」

ふうむ。未だかつて、他人から褒(ほ)められて、これほど不快な気分になったのは初めてだな。
俺の方に視線を向けている囚人たちは、何やら興奮気味に口汚い言葉を発しているようであった。

「犯(や)っちまえ！」

局部を露出させた囚人たちが、一斉に飛び掛かってくる。
やれやれ。元気なやつらだな。
これほどまでに『関わりたくない』と思った連中は、久しぶりかもしれない。

「なっ！　消えた――!?」

別に消えたわけではない。
少し、早く動いてみただけである。
湯気が立ち込める浴場の中では、そう映っただけなのだろう。

「クソ！　ビビることはねえ！　敵は一人だぞ！」

さてさて。どうしたものか。
この男たちを蹴散らすことは簡単だが、生憎と俺は囚われの身である。
これ以上、目立つ行動を取るのは避けた方が良いかもしれない。

付与魔術発動――《摩擦力低下》。

そこで俺が使用したのは、付与魔術の《摩擦力低下》であった。

対象となるのは、男たちが立っている床の上である。

「ぬおっ⁉」

摩擦力を失った地面の上を通過した男は、足を滑らせることになった。

糸の切れたタコのようにコントロールを失った男の体は、ツルツルと地面を滑り続ける。

ドガッ！

ドガシャアアアアアアアアアアアアアアアアアアアアアアアアアアアアアアアアアアアア
アアアアアアアアアアアアアアアアアアァァァン！

浴場の壁に激突した囚人たちは、完全に失神しているようであった。

「危ないぞ。風呂で暴れるからだ」

このアホたちは、石鹸で足を滑らせて、重傷を負った。

騒ぎを大きくしたくないのは、ここにいる連中も同じなのだろう。

今回の件に関しては、そういう風に処理しておくことにしよう。


「チッ……。どういうつもりだ？　何故、ワタシのことを助けた⁉」


まさか、この《大監獄》の中で俺との再会を果たすとは思ってもいなかったのだろう。

裸体を晒しながらもクロウは、警戒感を露にしているようであった。


「別に好きで助けたわけではない。交換条件だ」

「なに……？」


餅は餅屋。蛇の道は蛇に聞くのが、最も理に適った選択というものだろう。

ここから先の戦いは、単に喧嘩が強ければ、解決できる問題ではなさそうだ。

今の俺に必要なのは、情報である。

かつて神聖騎士部隊の中枢にいたこの男であれば、外の世界で起きていることについて詳しいかもしれない。

だから俺は、クロウから情報を引き出すために、交渉を持ち掛けることを決めるのだった。

〜〜〜〜〜〜〜〜〜〜〜〜〜

それから。

《大監獄》の中で、かつての敵と再会をした俺は、今日まであった出来事を話してみることにした。

選んだ場所は、人通りの少ない、階段の裏側だ。

この場所に、盗聴機の類（たぐい）が仕掛けられていないことは、事前に確認済みである。

「なるほど。大体、事情は分かりました。状況から言って、零課（ゼロ）の連中でしょうね」

俺の説明を聞いたクロウは、冷静な口調でそう言った。

「零課、とはなんだ？」

「貴様が知らないのも無理はないでしょう。白色の隊服、と聞いてピンときました。公安騎士部隊零課。各部隊から最強の騎士を集めて、編制された王家直属の懐刀（ふところがたな）です」

メガネの縁に手をかけながら、クロウは続ける。

「その存在は、秘密裏にされていて、騎士団の中でも上層部の人間しか知らされていません。国家重要機密というものに該当します。ワタシも、こんな場所に来ていなければ、貴様に情報を提供することもなかったでしょうね」

なるほど。わざわざ《大監獄》を訪れたのは正解だったかもしれないな。

過去に騎士団の幹部に上り詰めていながらも、現在は完全に『部外者』となっている人間は、この男を惜いて他に存在していない。

ある意味では、この男以外には、口外できない情報だったのだろう。

「ハハハ！　零課が動いているとあれば、貴様たちの組織も終わりですねぇ！　頼みの綱の死運鳥は籠の中。状況は絶体絶命というわけか！」

たしかにクロウの言う通り、俺たち組織を取り巻く状況は、絶望的といってよい。

組織の頭脳である親父は失踪して、手足となって最前線で働かなければならない俺は、この状況である。

　俺をハメて、《大監獄》に送り込んだ人物はさぞかし満足していることだろうな。

「いや、それはどうだろうな。俺は直ぐに脱獄してここを出る」

「ハハハッ。何を言っているのですか！　ここは難攻不落の《大監獄》ですよ。一体、どうやって脱獄するというのですか⁉」

　クロウの言う通り、この《大監獄》から抜け出すのは、それなりに骨が折れそうだ。

　この《大監獄》の中には、微弱な衰弱ガスが充満しており、強力な魔法の使用が制限されているのだ。

　俺が認知していない未知の仕掛けも、数多く張り巡らされていることだろう。

　いかに俺が個の力を発揮したところで、太刀打ちできないトラップが存在しているケースは十分に考えられるのだ。

「知らん。その方法はお前が考えるんだ」

　少し冷たく突き放すような態度で、俺は言った。

「はあ……？　何を言って……？」

「悪知恵の働くお前のことだ。策は考えているのだろう？」

「…………」

　ここに入れられてから日が浅い俺はともかくとして、クロウは《大監獄》の内情を熟知しているはずである。

　もちろん、この男が信用のできない男であることは百も承知の上だ。

　だが、今現在、俺たちの利害関係を一致させることは容易いことである。

　であれば、ここは素直に、味方に引き入れてしまった方が賢い選択というものだろう。

「……ワタシに対する報酬は？」

「お前がここを出るのを手伝ってやる。外に出た暁には、隠れる場所と当面の生活資金くらいは提供してやろう」

　咄嗟に好き勝手に条件を提示してしまったが、これくらいの条件であれば、俺の独断で決めてしまっても構わないだろう。

もしもクロウの情報提供となって、組織を救うことになったのであれば、それくらいの権限は得られるはずだろうからな。

「フフフ。フハハハハハハハハハハハハハハハ」

俺の言葉で、何かツボに入るところがあったのだろうか。

俺の提案を受けたクロウは、高笑いをした。

「良いでしょう。烏(ワタシ)の頭脳と鷹(アナタ)の戦闘力が合わされば、たしかに、この籠から出ることが出来るかもしれませんねえ」

メガネのレンズを光らせたクロウは、何やら思わせぶりな台詞(せりふ)を口にする。

「貴方(あなた)に力を貸しますよ。死運鳥(ナイトホーク)」

ふうむ。敵に回した時は厄介(やっかい)な男だったのだが、味方になったとしても、それはそれで不安にさせる奴だな。

「ただし、この借りは高くつきますよ。地上に出た際には十倍返し、いいえ、百倍返しにしてもらいましょう」


調子の良いやつだ。

早くも、この男に頼んだことを少しだけ後悔してきたぞ。

だが、兎にも角にも、反撃の狼煙を上げるには、この男の協力が不可欠であることは事実だ。

今はリスクを承知で、かつての『敵』を味方に引き入れることにしよう。


〜〜〜〜〜〜〜〜〜〜〜〜〜〜〜〜〜


一方、その頃。

ここは《王都ミズガルド》の中心部に聳え立つ《神聖なる王城》と呼ばれる場所であった。

王都の歴史は、まさに、ここ《神聖なる王城》を中心として紡がれてきたといってよい。

初代国王が、この場所に城を築いて以来、この国は栄華を極めて、目覚ましい発展を遂げてきたのだ。

さて。

強い光の当たり場所には、必ず、それに相対する影が存在するものである。
栄光ある《神聖なる王城》といっても、それは例外ではない。
この《地下拷問室》は、《神聖なる王城》の影の部分である。
この拷問室の中では、現在、二人の男が相対していた。

「ふっ。オレとしたことが一生の不覚だぜ。まさか不肖の後輩に不覚を取られることになるとはな」

鎖に繋がれながらも疲弊した様子で呟く男の名前は、ジェノス・ウィルザードといった。
アルスの父親にして、魔法師ギルド《ネームレス》の実質的なリーダーを務める男である。

「残念ですよ。ジェノスさん。貴方ならば、必ず、ワタシの崇高なる理想を理解してくれると思っていたのですけどね」

男の名前はデュークといった。
アルスたちの通う《王立魔法学園》の学園長を務める男であった。
かつて王都直属の治安維持部隊《神聖騎士団》で名を馳せたデュークは、『表の魔法師』として、国内外に絶大な影響力を持ち合わせていた。

学園にいる時とはうって変わって、デュークの表情は、暗い影を落としているようであった。

「驚いたぜ。まさか、お前ほど正義感の強い男が『貴族殺し』に加担していたとはな」

「…………」

ジェノスの挑発を受けたデュークは、不快そうに表情をしかめていた。

「この世界は腐敗している。ワタシは、それを正さなければならない」

強い意志の込められた眼差し（まなざし）で、デュークは言った。

「ハハッ。つまるところ《逆さの王冠（リバースクラウン）》を操り、貴族殺しをしていたのも、世界を正すためだっていうのか？」

「……その通りだ」

静かに呟いたデュークは、強く拳を握り締める。

「昔からそうだったな。デューク。お前の正義は歪んでいるよ」

ジェノスの言葉をデュークは否定しない。

実のところ、《逆さの王冠(リバースクラウン)》を支援して、裏から取りまとめていたのは、他でもない、この男だったのだ。

「黙れ」

静かに呟くデュークの声音(こわね)には怒気の感情が籠(こ)もっていた。

「今の貴様に正義を語る資格はない」

鎖に繋がれたジェノスの首を絞(し)めながら、デュークは続ける。

「いつだってそうだ。敗者に弁は許されない。勝者こそが無二の正義となるのだ」

この世の中に悪の栄えた試しはない。

考えてみれば、それは当たり前の話である。

人々にとっての、善悪の価値観など、簡単にひっくり返るものなのだ。

勝利した人間だけが、公に正義を名乗る権利を得ることができる。

「ジェノス。ワタシは、この戦争に勝ち、正義となるぞ。貴様は黙ってそこで見ているとよい」

デュークが目指すのは、貴族も、庶民も分け隔てなく暮らすことのできる平等な社会だ。

新しい世界を作るためには、一時的に『悪』と呼ばれることを厭わない。

デュークの中には、そんな、確たる信念が存在していたのである。

―7話― 脱獄計画

それから。

《大監獄》の中でクロウと協定を結んだ俺は、脱獄に向けた具体的な作戦を練ることにした。

呼び出されたのは、クロウが寝泊まりしている独房だ。

どうやらクロウは俺と同じ、『特別危険囚人指定』を受けているようだな。

この《大監獄》の中では、数少ない個室を与えられた人物のようである。

「いいですか。この《大監獄》の中は二重の檻となっているのですよ。我々のいる『黒のエリア』は刑期百年を超える極悪人。対して、外側の『白のエリア』は、比較的、刑期が短い囚人と看守が生活している場となります」

なるほど。

たしかに、入っていた時から《大監獄》の中は、妙な造りになっていると思っていたのだよな。

俺たちのいる『黒のエリア』は、札付きの悪党を集めた場所というわけか。

「この《大監獄》で働いている看守たちは、いずれも元騎士団員が中心です。出世コースから外れて、『無能』の烙印を押された問題児たちですがね」

何故だろう。

無能の問題児というわりには、クロウは警戒心を露にした口振りであった。

「正直に言いましょうか。ハッキリ言って、彼らは手ごわいですよ」

「何故だ？」

「彼らにとっての唯一の手柄を上げる機会は、脱獄する囚人を捕らえることにありますからね。もしも、我々が脱獄を企てようとするものなら、死に物狂いで、向かってくることでしょう」

なるほど。

一定の説得力はある話だな。

俺のいた裏の世界でも、似たような傾向はあった。

この世界で真に恐ろしいのは、『強い人間』ではない。

実のところ、『追い詰められた人間』というのが最も脅威となりえる存在なのだ。

失うものが少ない彼らは、時に、戦闘時に想定以上のパフォーマンスを発揮することができる。

戦闘能力で格上の魔法師が、死に物狂いで向かってくる格下の人間に負かされるような事態は頻繁に起こりえることなのである。

貧困街上がりの俺が裏の世界で名を馳せたのも、『持たざる者』であるが故の利点を最大限に活かすことができたからなのだろう。

「……脱獄犯を捕まえることこそが、彼らにとって唯一の『栄光』を取り戻す道筋になります。それこそが、この《大監獄》が難攻不落といわれている所以です」

なるほど。囚人も、看守も、訳ありというわけか。

やはり、この《大監獄》から抜け出すのは、一筋縄ではいかないみたいだな。

「となると、まず、考えるべきは、どうやって、『黒のエリア』を抜け出すかだな」

何はともあれ、今いる場所から抜け出す手段を検討する必要がありそうだ。

看守たちの隙をついて外に出るべきか。

だが、今のところはそれに適した場所は見つからないな。

外に繋がる扉は、全て魔力認証による厳重なロックが仕掛けられている。

看守たちの目を盗んで、扉を開くのは、俺の力を以てしても至難の業というものである。

「いえ。それについては既に『策』があります」

「……………？」

得意気な表情を浮かべたクロウが取った行動は、俺にとっても予想外のものであった。

何を思ったのかクロウは、傍にあったベッドを動かし始めたのである。

「これは……？」

そこにあったのは、どうにか人間が一人通り抜けられるかという小さなサイズの穴だ。

やれやれ。

随分と大胆なことをしてくれたものである。

「ふふふ。あまりにも退屈だったものでね。暇つぶしに抜け穴をこさえてしまいましたよ」

この男、やはり油断ならない食わせものだな。

俺が相談をもちかけるまでもなく、前々から脱獄を図る気でいたのか。

考え方によっては、利用されていたのは、俺の方だったのかもしれないな。

「この穴が完成すれば、最初の関門は突破したのも同然です。あとは、『白のエリア』の警備が手薄になるタイミングを見計らって、脱出するだけです。どうです。完璧な計画でしょう?」

たしかに今のところは、ケチの付けようのない計画のように思える。

少し、出来すぎともいえる気がするな。

この計画には一つだけ、唯一といっても良い欠点が『存在していた』のである。

「そう。ワタシの計画には、優秀な戦闘員が必要だったのですよ」

いくら警備の薄いタイミングを衝くとはいっても、脱獄を目指すのであれば、戦闘は避けては通れないだろう。

もともとクロウの専門は、戦闘ではないからな。

俺が先陣を切って、道を切り開いていくことを期待していたのだろう。

「フハハハハハハハハハハハハハ！　死運鳥（ナイトホーク）を手に入れた今、全ての道具（ピース）は整いました！　成功確率100パーセントの完璧な計画（パーフェクトプラン）が完成したというわけです！」


やれやれ。我ながら厄介（やっかい）な男を味方にしたものである。

成功確率100パーセントか。果たして、そんなに上手（うま）くいくものなのだろうか。

現場で働いた経験の少ないクロウには分からないのだろう。

この世の中には完璧な計画など存在していない。

作戦には常に不測の事態が付き物なのである。

まあ、そのことを伝えたところで意味はない。

暫（しばら）くはクロウと共に粛々（しゅくしゅく）と計画を進めていくことにしよう。


〜〜〜〜〜〜〜〜〜〜〜〜〜〜〜〜

それから。

何はともあれ、俺たちの脱獄計画はスタートした。

最初に俺たちがしなくてはならないのは、脱獄用の穴を完成させることである。

この《大監獄》の中で、派手な魔法を使うことはできない。

魔力の感知センサーが至るところに仕掛けられているからだ。

囚人同士の軽い鍔迫り合い程度で魔法を使用する分には、目溢しされているようだが、脱獄するつもりであれば話は別だろう。

来る日も来る日も俺たちは、着実に作業を進めていた。

一日の内に作業ができる時間というのは、限られてくるものなのだ。

周囲の人間たちが寝静まった深夜の時間。

俺たちは、看守の目を盗んで、少しずつ、脱出用の通路を掘り進めていた。

進展が見えてきたのは、作業開始した日から二週間ほどが過ぎた時のことであった。


コツンッ、と。


地面を掘り進めている手が何か固いものに当たった。

むう。

ここがクロウの言っていた、老朽化して使われなくなった排水管か。

最初に聞いた時は、本当にそんな都合の良いものがあるのかと疑っていたのだが、どうやら実在していたようである。

水魔法発動――《水流刃（ウォーターカッター）》

俺が魔法を使用した次の瞬間。
人差し指の先から高圧力の水流が射出される。

シュパンッ！

魔力探知に引っかからないよう最小限の魔力に留めておくことが肝心（かんじん）だ。
俺は排水管の中に、事前に切れ目を入れておくことに成功する。
これで全ての準備は整った。
予想していたよりも手間がかかってしまったが、後はタイミングを待つだけである。

～～～～～～～～～～～～～～～～～～

そして、脱獄用の通路を完成させてから、数日の時が過ぎた。

いよいよ、脱獄計画の決行の日は訪れた。

作戦実行の日取りについては、クロウが主導となって決めたものである。

曰く。どうやら今日は、脱獄を図るには数カ月に一度の好機であり、外の警備が手薄になっているらしい。


「ごきげんよう。死運鳥。今夜は月が綺麗です。絶好の脱獄日和ですねぇ」


周囲が寝静まった深夜の時間。

部屋の中で待機していたクロウは、俺の姿を見るなり、上機嫌に呟いた。

「御託はいい。時間がないんだ。早く、進めるぞ」

「ええ。我々にとっての理想郷は直ぐそこです」


ベッドを動かすと、脱出用の通路が露になる。

男二人が通ると、息苦しさを感じる狭い道のりだ。

膝を泥だらけにしながらも、俺たちは移動を開始する。

「ふふふ。このワタシも落ちぶれたものですね……。まさか、こんな地の果てで、貴方(あなた)の尻を眺めながらネズミのように地を這(は)うことになろうとは」

後ろの方でクロウが何やらブツブツと呟いている。
自虐的(じぎゃく)な台詞(せりふ)だが、言葉の奥底には歓喜の感情が滲(にじ)み出ているようであった。

「ですが、苦しかった日々も今日で終わり。いよいよ栄光を取り戻す日がやってきたのです！」

これから脱獄を図ろうというのに口煩(くちうるさ)いやつだな。
いくら地下通路を移動中だからといって、警戒しておくに越したことはないと思うのだけどな。

「油断するなよ。まだ成功すると決まったわけじゃないんだからな」
「ええ。これは失敬(しっけい)。ワタシとしたことが、少し興奮してしまったようですね」

何故だろう。

心なしか殺気の感情が込められた口調で、クロウは続ける。

「ふふふ……。この恨み、はらさでおくべきか。外に出た暁には、あらゆる手段を用いてワタシを虐げていた人間に鉄槌をくださなくてはなりませんね」


なるほど。

どうやらクロウは、《大監獄》の中で受けていたイジメを根に持っているようだな。

まあ、当たり前か。

もともと貧困街で育った俺にとっては、さほど違和感なく受け入れることができたのだが、この男は、騎士団の中でエリート中のエリートとしての道を歩んでいたのである。

《大監獄》の中での生活は、相当に堪えるものだったのだろう。


「さて。この辺だったかな」


どうやら排水管のポイントが近づいてきているようである。

事前に水魔法で入れていた切れ込みを利用して、いつでも取り外しができるよう準備をしておいたのだ。

「うぐっ……。それにしても酷い場所ですね」

排水管の中は人間が身を屈めれば、ようやく通れるかという僅かな隙間しか存在しない。

錆を服に付着させながらも、俺たちは前進を続けていく。

「おっと。この隙間から上の様子を覗けるようですねえ」

クロウが何かに気付いたようだ。

どうやら排水管の上にある金網の隙間から、地上の様子を覗けるようになっているらしい。

「ふふ。やはりワタシの計画に狂いはなかったようです」

たしかに、周囲に人の気配はないようだ。

クロウの予想が当たったのか、周辺は閑散としているようだった。

「ここから出ましょう。援護は頼みましたよ。死運鳥」

ふう。人使いの荒い奴だな。

これで後戻りはできなくなったというわけか。

水魔法発動――《水流刃》

金網に切れ込みを入れて、取り外してやる。

どうやら無事に『黒のエリア』を抜け出すことができたようだな。

久しぶりに外の空気を吸った気分である。


「今日、この時間帯は、設備の点検業務が実施されていましてね。従来よりも遥かに警備の人間の数が少なくなっているのですよ」


なるほど。

クロウが入手したという『警備が手薄になるタイミング』という情報は、満更、間違いというわけではないみたいだ。

看守たちの人的リソースが設備の点検に充てられているのであれば、たしかに今の状況はチヤンスといえるのかもしれない。

「さて。先を急ぎましょう。まず我々が目指すべきは、『白のエリア』のセカンドエントランスです」


セカンドエントランスか。

この、《大監獄》の中には、合計で二つしか出入口がない。

それ即ち、正面にあるファーストエントランスと裏口にあるセカンドエントランスである。

正面にあるファーストエントランスと比べると、警備が手薄になる傾向にあるのだとか。

まあ、この辺りは、あくまで人伝に聞いた情報なので、実際に自分の目で確認するまでは確かなことは言えないだろうけどな。


「何を立ち止まっているのです。早く先を進めますよ」


クロウは先を急いでいるようだが、あまり気が進まないな。

特に、この廊下の周辺は、何やら、不穏な気配を感じるのだ。

たしかに『人気』はないのだが、『危険』までが消えているわけではない。

これは言語化できない暗殺者(アサシン)としての『勘』というやつだ。

事態の急変に気付いたのは、俺がそんな予感を抱いた直後のことであった。


ピー。

ピー。ピー。ピー。ピー。


む。何やら不穏な電子音が聞こえてくるな。

音のボリュームは次第に上がっていき、人の気配が濃密なものになってくるのが分かった。

「バ、バカな……！　これは一体……⁉」

音の発生源となっているのは、壁に設置されていた小型の機械にあるようだ。

「なっ……。これは最新式の魔力感知センサーではないか⁉　こんなものが仕掛けられているなんて……。聞いていないぞ！」

ふむ。どうやら俺たちは、まんまと敵の仕掛けた罠(わな)にハマってしまったようだな。

たいしたトラップである。
この俺でも、ワナの気配を完全に察することはできなかった。
クロウの口振りから言っても、最近になって導入された魔導兵器なのだろうな。
おそらく、俺を《大監獄》で捕らえるタイミングになって、緊急で設置されたものなのだろう。

「いたぞ！　脱獄者だ！」

さてさて。そうこうしている内に看守の連中が集まってきたようだな。
囲まれているな。
前方より二人。後方より五人か。
どちらの道を通っても、戦闘は避けられそうにないな。

「助けがいるか？　クロウ」

見ての通り、状況はあまり芳（かんば）しくはない。
いくら俺でも、大人の男を抱えながら、看守の包囲網（ほういもう）を突破するのは簡単ではなさそうだ。

「あまりワタシを舐(な)めないで頂きたい。こう見えて、ワタシは現場からの叩き上げで、騎士団幹部まで上り詰めた男ですよ？　組織の落ちこぼれたちに、後れを取るはずがありません！」

そうだったのか。それは初耳だな。
このいけすかないメガネにも、現場で汗を流していた時期があったというのか。
まあ、俺にとっては、そちらの方が好都合ではある。
今回は、お言葉に甘えて、クロウの魔法師としての力量を試させてもらうことにしよう。

～～～～～～～～～～～～～～～

それから。
俺たちの決死の脱獄(エスケープ)は続いた。

「いたぞ！　侵入者だ！」

まったく、よくこの片田舎に、これだけの兵隊を集められたものである。

当初の予定では、とっくに外に出られていたはずだったのだ。

だが、至るところで待ち構えていた看守たちによって、俺たちは大きな回り道を強いられることになった。


「撃て！　生死は問わん！」

「ひゃははは！　狩りの時間だぜぇ！」


ふうむ。

クロウが『侮れない』と言っていた意味が、少しだけ分かったような気がするぞ。

騎士団に所属する人間は、『飼いならされた羊』のように映っていたが、ここにいる人間たちは少し毛色が異なるようである。

それぞれが、ギラついた獣の目をしている。

地の利と数の利を味方につけているとはいえ、この俺をここまで追いかけ回すとは、たいしたものである。


「絶対にここを通すな！　撃ち殺すぞ！」

どうやら出口は近いようだ。

あそこにあるのが、目的のセカンドエントランスか。

扉の付近に、看守たちが重点的に集まっているようであった。

ふむ。この先が外に繋(つな)がっている、というわけか。


「いい加減に止まりやがれ！　殺されたいのか！」


この状況、止まれと言われて、止まる奴はいない。

嘘はよくないぞ。嘘は。

止まれば殺される、の言い間違いではないだろうか。


「どうしますか？　流石(さすが)にここは迂回(うかい)するのが賢い選択かもしれませんね」


クロウのやつはこう言っているが、ここで撤退(てったい)を決めるのは賢い選択肢(せんたくし)とは言えないだろう。

もともと、この《大監獄》の中では外に出るための扉が限られているのである。

であれば、早めに勝負に出てしまった方が得策というものだろう。

「問題ない。正面突破だ」


ここにいる看守たちは、悪人というわけではない。

忠実に職務を全うしているだけの一般人である。

可能な限り、死人は出したくはなかったのだが、この状況では手加減は難しいかもしれないな。


「なっ！　消えたっ――!?」


別に消えたわけではない。

少し、迅く、飛んだだけである。

この狭い通路の中には、身を隠す場所など何処にもないからな。

敵の視界から外れることのできる場所は、一つしか存在していない。

今、俺のいる天井だけだ。


「上から来るぞ！　気をつけろ！」

ふむ。察しの良い奴は気づいたようだな。

だが、気が付いた時には、もう遅い。

僅かな時間であっても、隙を作ることができれば、敵を仕留めるのには十分だ。


「あぐっ」「ぎゃわっ」「ぐわっ」


武器や、魔法を使わずとも、敵を無力化する術は心得ている。

敵の集団に飛び込んでいた俺は、次々に敵集団を蹴散らしていく。


「な、何をしている！　敵は一人だぞ！」


その一人を相手にするのが難しいのだ。

この人だかりの中では、銃は扱うのは不可能といってよい。

万が一、味方に被弾しようものなら、組織の中での居場所がなくなることは明白だからな。

であれば、敵は丸腰の状態と何も変わらない。


「うわ！　うわああああああああああああ！」

「おい！　バカ！　銃を撃つな！」

「んなこと言ってもよ！　この化け物を相手にどうやって戦えば良いんだよ！」

どうやら敵は混乱しているようだな。

この状況では、あえて危険な場所に自ら飛び込むことで、安全を確保することに繋がるわけだ。

俺は一人、また一人と接近戦によって敵を無力化していくことにした。

「き、貴様……！　何故、こんなバカな真似を⁉　覚えていろよ！　地の果てまで追い掛け回して、必ず、捕らえてやるからな！」

どうやら敵は、残すところ一人のようだな。

この期に及んで、抵抗の意志を見せるのは、たいしたやつである。

「自由を求めるのが鳥の性。悪いが、この鳥籠は、俺には狭すぎたようだ」

俺にできる、せめてもの、情けだ。

できるだけ苦痛なく、手刀による一撃で意識を奪ってやることにした。

ふむ。

俺としたことが、少し時間をかけ過ぎたな。

この調子でいくと、後続の追手が到着するのも時間の問題というものだろう。

「ふふふ。素晴らしい！　これが王室御用達（ロイヤルワレント）と呼ばれた伝説の暗殺者（アサシン）の力……。敵にした時は恐ろしいですが、味方にすると、ここまで頼もしい人間はいませんね」

俺の動きを目にしていたクロウが、何やら独り言を呟（つぶや）いているようであった。

と、そうこうしている間に、人の気配が集まってきているようだ。

残念ながら、俺たちに残された時間はそう長くはないようである。

「何をやっているんだ。早く行くぞ」

「ふふふ。もちろん。同行させて頂きますよ。地の果て、否（いな）。天の果てまで、ね」

目指すは、当然、外に繋がる扉だ。

こうして俺たちは、空の広さを久しぶりに知ることになるのだった。

8話　クロウの覚悟

それから。

無事に《大監獄》を脱出した俺たちであったが、気の抜けない状況は続いていた。

「おい。もっと速度を上げられないのか？」

「うるさいですね。貴方のような化け物と一緒にしないで頂きたい！」

夜の森の中を二人で駆け抜ける。

当たり前だが、周囲には建築物は何処にも見当たらない。

木々が深く生い茂った森の中だ。

夜目が利く俺はともかく、普通の人間には、難しいのだろう。

「クッ……。そろそろ一度、休みませんか？　この辺りまで来れば、流石に安全でしょう」

果たしてそれはどうだろうな。

たしかに距離は取ったが、俺たちを取り巻く状況は改善されているわけではない。

むしろ、悪化しているようであった。

「いや。残念だが、悠長なことを言っていられる余裕はないみたいだぞ?」

「…………!?」

気が付くと、囲まれていた。

先行して逃げていた俺たちに追いつくとは、たいしたものだな。

この気配は、明らかに人間のものではないな。

茂みの中から正体を現したのは、牙を剝き出しにした異形の存在であった。

「グルルル……」

獣の群れ、か。

微かに魔力の気配を感じるな。どうやら単なる獣というわけではなさそうだ。

「地獄の番犬、ケロベロスだと……!?　奴ら、こんな化け物まで用意していたのか……!?」

ふうむ。何やら、大層な名前が付いている魔獣のようだ。

まず、間違いなく、《大監獄》の看守たちが放ってきた刺客と見て間違いがないだろう。

「グルウウウ……」

俺たちを発見した魔獣の群れは、さっそく、臨戦態勢に入っているようであった。

ふうむ。

流石は『脱獄不可能』と言われた《大監獄》だ。魔獣まで使ってくるか。

おそらく、俺たちの匂いを辿ってきたのだろうな。

たいした念の入れようだ。

今にして思えば、俺や、クロウといった要注意人物たちに個室を与えていたのは、部屋の匂いを覚えさせるためものだったのだろう。

「バウバウッ！」

そうこうしているうちに敵の魔獣たちが襲い掛かってくる。

やれやれ。

俺の専門は対人で、魔獣の相手は専門外ではあるのだけれどな。

すかさず俺は、蹴(け)りで反撃して、魔獣たちに手痛い一撃を与えてやることにした。


「「「キャウンッ！」」」


夜の森の中に獣たちの悲鳴は響き渡る。

大層な名前のモンスターであるが、俺にとっては手に負えない敵というわけではないようだ。

俺からすれば、可愛(かわい)いらしい子犬も同然である。

だが、数が多いな。

この暗闇は、鼻の利(き)く獣にとって有利になる状況だ。

あまり悠長に構えていては、足元を救われてしまうかもしれない。


「いたぞ！　脱獄者だ！」

ふむ。そうこうしている間に追手がやってきたようだ。

おそらく、魔獣たちに発信機の類を装着していたのだろうな。

地の果てまで追いかけてやる、という、看守の言葉は、あながち嘘というわけではないようだ。

「追手がくる。早いところ切り上げるぞ」

逃げるのであれば、魔獣たちが怯んだ今しかタイミングはないだろう。

「グッ……。ワタシとしたことが……。こんなところで……」

んん？　これは一体どういうことだろうか。

撤退の提案をしたにもかかわらず、クロウは地面に膝をつけたまま蹲っているようであった。

「お前、その傷……」

ふむ。俺としたことが、重大な問題を見逃していたようである。

どうやらクロウは、《大監獄》を出る前の段階で、ダメージを受けていたようだ。

おそらく、敵の銃弾を掻い潜っていたタイミングだろうな。

傷は浅いようだが、無視できるようなダメージではない。

今まで何事もなく、俺の後を追ってこられたのは、奇跡的なくらいである。


「ふっ……。ワタシとしたことが一生の不覚です……」


どうする？　ここはクロウの治癒に時間を割くべきなのだろうか。

だが、正直それは難しいかもしれない。

俺は殺しに特化した魔法師だ。

回復魔法に関しては、専門外といってよい。

自己治療については、それなりのレベルに達してはいるが、他人を治すことに関しては、専門外なのだ。


「ふっ……。らしくないですね」

俺の中の迷いを察したのだろう。

クロウが何やら悟ったような表情で呟いていた。

「情けは不要です。ワタシを置いて、早く逃げるべきです。無能は切り捨てられるのが裏の世界の鉄則でしょう？」

「いや、しかし……」

「ふふふ。残念ですが、ワタシの翼は折れてしまったようです」

たしかにクロウの言う通り、たとえ、協力関係にある人間であっても必要とあれば切り捨てるのが、この世界の慣わしではある。

だが、この世界では時に『命』よりも『信頼』に重きを置くことがあるのだ。

交わした約束を可能な限り遂行するのも、また、裏の世界のルールであった。

「翔べ！　死運鳥！」

ふむ。冷静なクロウがここまで声を荒げるのは珍しいな。

もしかしたら、俺が間違っていたのかもしれない。

どうやらクロウの『覚悟』は本物のようだな。

ここで俺が余計な手間をかけることは、クロウの覚悟を無駄にすることになりかねない。
仕方がない。クロウの脱獄は、俺が無事にここを出た後に考えることにしよう。

「そうか」

軽く目配せをして意志を伝えてやる。
タンと強く地面を蹴って、木の枝に飛び移る。

「逃がすな！　撃て！」
「死運鳥(ナイトホーク)だ！　殺しても一向に構わん！」

二人で移動しているときは、どうしても速度に限界があったが、こうなった以上、何人(なんぴと)たりとも俺を捕らえることは出来はしないだろう。

「畜生(ちくしょう)！　なんてスピードだよ!?」
「信じられん……。これが伝説の暗殺者(アサシン)、死運鳥(ナイトホーク)の実力だというのか……？」

重りを外した今の俺に弾丸を当てることは不可能だ。

本気になった俺のスピードを前にした看守たちは、唖然として立ち尽くしているようであった。

そのまま大きく跳躍すると、俺は月明かりの照らされている夜の森を見下ろすことになった。

「託しましたよ。貴方に。この国の未来を……」

一刻を要する緊急事態の最中。

銃声が混ざっていたので、完全に聞き取ることは難しかったが、クロウが何やらポツリと呟いたような気がした。

一9話一　二人の後輩

それから。

無事に追手から逃げることに成功した俺は、決死の逃走を続けていた。

薄暗い森の中でも、よくよく観察してみると、微かに生物の気配を感じることができる。

この道は、単なる獣道とは少し違うな。

おそらく、地場の猟師が使用している道なのだろう。

この道を通っていけば、何処かしら、人の住んでいる場所にたどり着くことができるだろう。

やがて、見えてきたのは、それなりの規模の村であった。

のどかな村だ。

殺気立った《大監獄》の中とは違って、この村からは血の臭いがまるでしない。

ふうむ。ここまで来れば、流石に安全だろうな。


「…………!?」

いや、まだ、気の抜けない状況は続いているのかもしれない。

平和な雰囲気な村には似つかない最新鋭の魔導兵器が見えた。

魔導飛翔機か。

俺たち組織が使用しているものと似ているな。

追手が飛翔機を使って先回りをしてきたということだろうか？

それにしては腑に落ちないこともある。

これだけの大きさの飛翔機が後ろを追い越したのであれば、俺が気づかないわけがないのだ。

であれば、この飛翔機は前々から、この場所に置かれていたものだと考えるのが妥当である。

一体、誰が？

どんな目的で置いているものなのか？

それが分からないことには、胸を撫でおろすわけにはいかなそうである。


「アニキ！」


その時、民家の一つから、聞こえてきたのは、随分と久しぶりに聞いた声であった。

サッジだ。この男、こんな所で一体何をしているのだろうか。

「うおおおおおおおおおおおおおおおおおおおおおおおおおおおおおおおおおおおおお！　アニキいいいいいいいいいいいいいいいいいいいいいいいいいいいいいいいいいい！」

久しぶりに再会して思うところがあったのだろうか。
俺の姿を目にしたサッジは、鼻水を垂らしながらも、近づいてくる。
その姿は、森の中で出会った魔獣たちよりも不気味で、気色の悪いものであった。

「離れろ。暑苦しい」

気のせいかな。
以前にも似たようなやり取りをしたような気がするぞ。

「答えろ。サッジ。どうしてお前がここにいる」

偶然、と呼ぶには、あまりにも出来過ぎたタイミングである。

いくらサッジでも、単なる迷子では、この辺境の地に来ることはないだろう。

「へへっ。そろそろアニキが出てくると思って、この村でずっと待っていたんスよ！」

その時、俺の脳裏に過ったのは、いつの日かサッジと交わした約束の言葉であった。

『時が来たら、必ず、俺はここを出る。その時は頼りにしているぞ。サッジ』

ふむ。この男、もしかして俺との約束を律儀に守っていたのか。

相変わらず、忠犬のようにバカ正直なやつである。

「アニキ！　今すぐ王都に戻りましょう！　アニキがいない間に街は大変なことになっているッスよ！」

それについては俺も気になっていたところだった。

俺が騎士団の連中に連れられてから、既に一カ月ほどの時が過ぎていた。

あれだけの事件が起きた後だ。

街の治安の維持に努めていた俺たち組織の機能が停止した以上、もう、何が起こっても不思議ではない状況である。


「ところで、お前、コイツを操縦できたのか？」

「うんにゃ。できねッス」


それはそうだろうな。

飛翔機を飛ばすには、複雑な操縦技術と航空学に対する高度な知識を会得する必要があるのだ。

この男の頭で、それができるとは思えない。

であれば、他に、この飛翔機を操縦してきた人間がいると考えるのが妥当だろう。


「久しぶりですね。アルス先輩」


その男は姿を現す直前まで俺に気配を悟られることなく、唐突に現れた。

む。この男まで関与していたのは、意外な展開である。

「貴方が捕まった、と聞いた時は耳を疑いましたよ。もっとも、今にして思えば、それも何かの運命だったのかもしれませんね」

この銀色の髪の毛を持った男の名前はロゼという。
ロゼは昔の俺の後輩で、かつて組織から《銀狼》の通り名を与えられた魔法師であった。

「何の用だ。ロゼ」

この男、ロゼは、色々な意味で油断ならない存在である。
俺にとっては、因縁の宿敵といっても良い。
組織を裏切ったロゼは、俺の体に穴を空けた数少ない人物であるのだ。

「一時、休戦といきましょう。アルス先輩」

氷のように冷たい眼差しを向けたままロゼは続ける。

「今、この世界で起きている騒動は、ボクの正義に反している。この無秩序を正すためには貴方の協力が必要です」

ふむ。どうやら俺が思っている以上に外の状態は、切迫しているらしいな。

プライドの高い、この男が俺に協力を申し出るとは、なかなかに意外な展開である。

「……今更、俺がお前と共闘すると思うか？」

「ええ。たとえ敵であっても、利害関係が一致していれば共闘を厭わない。貴方は昔からそういう人です」

むう。相変わらずに生意気な後輩だな。

たしかに俺は物事の善悪、敵味方といった概念に無頓着な傾向がある。

ここを出る前にクロウと共闘して、脱獄を果たしたのが何よりの証拠になってしまうのだろう。

戦場というのは、いつも流動的なのだ。

確固たる『信念』を持つということは、自らの手足に『鎖』をハメることに他ならない。

それは時に、取り返しのつかない『失態』を招くことになるのだ。

手段は問わず、いかなる時も臨機応変に対応する、というのが、暗殺者として俺が心がけている流儀であった。

「ところで、お前、この村でずっとサッジと一緒に待っていたのか？」

この二人が一緒にいることが少し驚きだ。

俺から見て、二人の性格は完全に真逆のものだ。

無神経で図太いサッジの性格と比較をして、ロゼの性格は神経質で繊細なものである。

「…………」

何故だろう。

素直に思ったことを尋ねてみると、ロゼは心なしか気まずそうな表情を浮かべていた。

「いやー。野暮なことは聞かないで下さいよ。今となっては、オレとロゼっちは大親友なんスから！」

バシリとロゼの肩を叩きながら、サッジは笑う。

「……ボクに触れるな。殺されたいのか」

この男が言うと、まったく冗談に聞こえてこない。

事実として、ロゼはサッジを半殺しにしたことがあったからな。

自分を殺しに来た相手に気を許してしまうとは、サッジの図太さには感心するばかりである。

「うーん。ロゼっちは、二人きりの時は、結構、よく喋るやつなんスよ？　きっとアニキがいると緊張するんでしょうね」

「…………」

言いたい放題だな。この男は。

まあ、二人がトラブルなく過ごせていたようで何よりである。

正反対の性格を持つ者同士というのは、実のところ、相性が悪くはないのかもしれない。

「とにかく時間がありません。先を急ぎましょう。アルス先輩」

「ああ」

どうやら飛翔機の操縦は、ロゼが担当してくれるようである。
この男に任せておけば、操縦に関しては、安心だろう。
ふう。これで長らく続いた囚人生活とも決別というわけか。
こうして俺は二人の協力を得て、王都に向かうのであった。

一 10話 一 波乱の大通り

それから。

後輩二人の助けを借りて、飛翔機に乗り込んだ俺たちは、王都を目指して飛んでいた。

脱獄したときは、たしか、深夜の時間だったはずだが、今となっては、すっかり日が明けているようだ。

俺の体内時計が正確であれば、ちょうど今は、昼の少し手前に差し掛かった頃合いだろう。

「アニキ。覚悟してくだせぇ。これから行く街は、もう既に、アニキの知っている街ではなくなっていますから」

珍しく神妙な顔つきで、サッジは言う。

ふむ。サッジのやつが、ここまで声のトーンを落とすのは珍しいな。

街の状況については、最悪のケースを想定しておいた方が良いのかもしれない。

異変に気付いたのは、俺がそんなことを考えていた直後のことであった。

いやに焦げ臭いな。

それに血の臭いも混ざっているようだ。

疑問に思って視線を下げて街の方に目をやると、そこにあったのは、この世のものとは思えない凄惨な光景であった。

「いつ見ても不愉快な気分になりますね。滅びに向かう王都を見るのは」

滅びに向かう、とは、言い得て妙な表現だな。

たしかに街の現状は『滅びに向かっている』と言っても過言ではないようだな。

「今日も派手にやっているみたいスねぇ。オレはこういうドンパチ、嫌いじゃねぇスよ」

どうやら街の中で内乱が起きているようだな。

街の建物の至るところから煙が立ち上っており、逃げ惑う人々の悲鳴が聞こえる。

「そろそろ話したらどうなんだ。この街に何があった?」

俺が騎士団の連中に連れていかれる直前まで、この街の治安は、それなりに高い水準で保たれていた。

直近に『貴族殺し』の事件は起きていたものの、俺たち学生が普通に学園に通うことはできる程度に、世界は平和であったのだ。

「今、起きているのは反政府派のクーデターです。どうやら騎士団の中枢メンバーの中に裏切り者がいたようです」

なるほど。だいたい、話の筋が見えてきたぞ。

《大監獄》の中でクロウから聞いた話と現在の状況が繋がってきた。

おそらく、俺を《大監獄》の中に放り込んだ『零課』の連中が主導となって反乱を起こしているのだろう。

なんとも胡散臭い連中だったからな。

奴らが中心となって、政権の転覆を狙っているのであれば、俺たち組織を最初に無力化したことにも納得がいく。

騎士団の中枢メンバーが起こした反乱であるので、政治的な圧力を自由に使うことができたというわけか。

「さて。この辺りで降りましょうか。王都の中心部には、対空用の魔導兵器が設置されているはずですから」

ロゼの操縦により、降りたのは、王都近くにあるビルの屋上であった。

ビルの上から街を見下ろすと、この街の変化が改めて感じ取れる。

「で、俺たちは今、一体どこに向かっているんだ?」

プライドの高いロゼが俺に協力を願い出たということは、目的はハッキリしているのだろう。

「決まっています。ボクたちの行き先はあそこです」

そう言ってロゼが指差したのは、この国の中心地であった。

《王城に続く道(ロイヤルロード)》

この先の道は、後にも先にも一本だけである。

《神聖なる王城（セイントキャッスル）》

この国の王が住まう建築物であり、一般人はおろか、高位の貴族であっても、立ち入ることができない特別な場所であった。

「今からボクたちは王を討（う）ちます。アルス先輩。世界の平和のために、偽りの王の首を持ち帰りましょう」

なるほど。庶民（しょみん）が王を討つとは、大きく出たものだな。

とはいえ、この騒動を収めるには、それくらいのことをする必要があるのだろう。

やれやれ。

今回の任務はいつになく、面倒なことになりそうだ。

～～～～～～～～～～～～～～

それから。

目的地を定めた俺たちは、ビルの屋上から屋上へと飛び移り、王都の中心部を目指していた。

「いたぞ！　死運鳥(ナイトホーク)だ！」

「撃ち殺せ！　《神聖なる王城(セイントキャッスル)》には絶対に近づけるな！」

ふむ。どうやら手厚い歓迎をしてくれるようだな。

俺が《大監獄》を出た、という情報は、とっくに連中の耳にも入っているのだろう。

二十メートルを超える道路幅を持った《王城に続く道(ロイヤルロード)》には、夥(おびただ)しい数の敵兵が集結しているようであった。

「でりゃあああああ！　ドケドケええええ！　サッジ様のお通りだああああああああ！」

「遅い。遅すぎる。退屈な人たちですね」

どうやら今回の連中は、俺が相手をするまでもないようだな。

前を歩く後輩二人が暴れているおかげで、俺たちは順調に目的の場所に向けて進んでいくことができていた。

さて。

そうこうしている間に目的の場所に到着したみたいである。

城門に立ちはだかる敵たちを薙(な)ぎ払うと、巨大な建築物が見えてくる。

ここが《神聖なる王城(セイントキャッスル)》か。

俺のような庶民には、縁がない場所だったはずなのだけれどな。

こうして訪れることになるとは夢にも思っていなかった。


「そこまでだ！」


むう。今度の敵たちは、今まで通りに楽勝というわけにはいかなそうだな。

この男たちは、たしか、俺を捕らえて牢(ろう)の中に入れた連中だな。

この王城の前で相対するということは、やはり、連中が今回の反乱(クーデター)の首謀者(しゅぼうしゃ)と見て間違いなさそうである。

「ふんっ。まったく、愚かな雛鳥たちだ。大人しく、鎖に繋がれていれば、命だけは救われたというのに」


敵の軍勢の中から出てきたのは、何処かで見た禿げ頭の髭男である。

名前はたしか、ケトスといったか。

俺の記憶が正しければ、公安騎士部隊零課の隊長を名乗っていた男である。

以前に会った時も思ったが、この男は、それなりにやるようだな。

いよいよこの男との戦闘は避けられそうにない状況である。


「いたぞ！　死運鳥だ！」


そうこうしている間に敵の軍勢が集まってきた。

ふうむ。想定していたよりも数が多いな。

ここで時間をかけていると、敵の本丸に突入するまでに、相当な消耗を強いられそうである。

「アニキ！　ここはオレたちに任せて、先に行ってくだせぇ！」

俺が頭を悩ませていると、先陣を切っているサッジが強気な言葉を口にする。

むう。そうしたい気持ちは山々ではあるのだが、こう数が多いと厳しいような気がするぞ。

たしかにサッジの戦闘能力は抜きんでているものがあるが、ここに集まっている連中は、それなりのレベルに達しているのだ。

サッジ一人に任せるには、少し不安なところではあるな。

「心配いりませんよ。アルス先輩。ボクが一人いれば、雑魚が何人集まったところで瞬殺ですから」

ふむ。たしかに、ロゼが一緒に戦ってくれるのであれば、安心して任せることができるかもしれない。

この男、戦闘能力であれば、全力の俺と単純に比較しても、まるで見劣りしないからな。

ある程度、敵がまとまっていても、ロゼに任せておけば、特に問題はなさそうである。

「行きますよ。鶏頭」

「だあああああああぁぁぁ！　誰が鶏頭じゃい！　クソッ！　せっかくのオレの見せ場だったのにいいいいい！」

軽口を叩きつつも、二人は敵に向かって突撃していく。

二人が戦ってくれるのであれば、ひとまずは大丈夫だろう。

こうして俺は、城の前の戦闘を二人の後輩に任せて、《神聖なる王城（セイントキャッスル）》の敷居を跨（また）ぐのだった。

一　11話　一　最終決戦

それから。
後輩たちの協力を得た俺は、《神聖なる王城(セイントキャッスル)》の奥に歩みを進めていた。
おそらく兵力を城門の周辺に集中した結果だろう。
恐ろしく静かだな。この場所は。
華やかな内装を纏(まと)いながらも、まったく人の気配がない。
城の中は、ある種の不気味さを醸(かも)し出しているようであった。
ふう。この奥が、城の中心地のようだな。
さしずめ、玉座の間、といったところだろうか。
どうやら今回の俺は、丁重にもてなされる立場にあるらしい。
扉の奥からは、複数人の魔法師の気配を察することができた。
「やあ。よく来たね。アルスくん」

扉を開けた矢先、俺を待ち受けていたのは、齢四十歳を越えているであろう中年の男であった。

む。この男、何処かで見覚えがあるな。

「こうして『学園の外』でキミと会うのは初めてだね」

「…………!?」


そうか。学園という言葉を聞いて、ピンときた。

この男は『王立魔法学園』の学園長だったな。

名前はたしか、デュークといったか。

人伝に聞いた話では、この男は、かつて王都直属の治安維持部隊《神聖騎士団》の『表の魔法師』として名を馳せて、国内外に絶大な影響力を持ち合わせていたらしい。

「キミとは前々から、ゆっくりと話してみたいと思っていたのだよ」

この男と会うのは、入学式の時に軽く視線を交わして以来になる。

少し驚いたな。

人は見かけによらない、というのは、裏の世界では、散々学んでいたつもりであったが、それにしても予想外の光景である。

「……俺はお前と話したいことは何もないぞ」

「ふふふ。これを見ても同じことが言えるかな？」

意味深な言葉を呟いたデュークは、身に着けていた上着を放り投げる。

なるほど。

つまり俺たちは最初から全て、この男の掌の上だったというわけか。

デュークの背中には《逆さの王冠》のエンブレムが刻印されていた。

なんとも皮肉な展開である。

長年に渡って、争ってきた組織のボスが、まさか学園の中にいたというわけか。

「同志の協力によって、組織の悲願は果たされた！　この国の実権は、我らの手の中にある！」

仰々しい台詞を口にしたデュークは、玉座を回転させて裏返す。

「…………」


次の瞬間、俺の視界に飛び込んできたのは、なかなかに衝撃的な光景であった。

人間の生首が玉座の裏側に逆さの状態で置かれていたのだ。

そこにあったのは、紛れもなく、王の首である。

逆さの王冠、か。

組織の名前にも込められていた悲願がようやく達成されたというわけか。

腑に落ちないのは、元々、政府側の人間だったデュークが、どうして反乱を起こす気になったのか、ということである。

「……ワタシは現国王の懐刀として、誰よりも、この国の政治を深く知ることのできる立場にあった」

おそらく俺の疑問を察したのだろう。

階段を下りて、近づきながらもデュークは、ゆっくりとした口調で語りかけてくる。

「だからこそ疑問があった。貴族も、庶民も、同じ人間だ。本来は等しく平等であるべきではないか。しかし、この愚王は、『格差』を黙認するばかりか、逆に広めるような政治をしていたのだ」


それについては、俺も否定しない。

この国に蔓延る『貴族至上主義』の考え方には、俺も嫌気が差すことが多かった。


『よくもまあ、ウチの商品を盗ってくれたな！　このドブネズミが！』


その時、俺の脳裏に過ったのは、幼き日の思い出であった。

あの日、俺は飢えを凌ぐために、一つのパンを盗んだのだ。

盗みに失敗した俺は、大人たちに袋叩きにあって、死の淵に立たされることになったのだ。

思い返してみれば、あの日、親父に拾われたことが、俺が暗殺者としての道を志す理由になったのだよな。

ただただ、腹が減っていた。

貴族に生まれた人間は労せずに富を享受する一方、貧困街で生まれた人間は、常に理不尽のもとに晒されてきたのだ。

この世界を恨んだことがないと言えば、嘘になるだろう。

「格差の拡大は、誰にも止めることはできなかった。当然の話さ。この国の政治を決めているのは誰かを考えれば分かる。貴族だからだ」

玉座の置かれた場所から、一歩ずつ階段を下りながらデュークは熱弁を続ける。

貴族が国の政治を動かしている以上、この国のルールは貴族に有利に働くように作られるのは自明の理だ。

腐敗した政治には、自浄作用なんてものは存在していない。

「生まれながらの強者が権力を握り、自らに有利なルールを作っていく。貧しいものには、這(は)い上がる機会を与えない。貴族の矜持(ノブレス・オブリージュ)が聞いて笑わせるな。恥ずべき世界だ」

これに関しても強く否定はできない主張である。

富と権力を持つものは、益々と力をつけて、貧しきものたちから公然と搾取(さくしゅ)しているのだ。

「この国は腐敗している。正しくあるためには外側から、壊していくより方法はなかった。我々は真にクリーンな世界を作らなければならない」

なるほど。
そのために必要だったのが、《逆さの王冠(リバースクラウン)》という非合法組織だったというわけか。
この世界に蔓延る『格差』に憤り(いきどお)を覚えている人間たちを取りまとめて、少しずつ、戦力を調えていたのだろう。

「素晴らしい提案をしよう。アルスくん。キミも我々の仲間にならないか?」

俺の方に手を差し伸べながら、デュークは続ける。

「我々が目指すのは、貴族も庶民も関係がない。真に公平な世界だ。キミであれば、我々の『正義』に理解を示してくれるのではないかと思ってね」

ふうむ。
やけに簡単に城の中に入れたと思っていたのだが、そういうことだったのか。
この男は最初から俺を組織に勧誘するつもりで、招き入れたらしいな。

「……俺は暗殺者(アサシン)だ。何が正義で、何が悪か。そんなことには興味がない」


俺を戦力として引き込むつもりであれば、見当違いも甚(はなは)だしいな。

元より、俺は正義の側に立ちたいと思ったことは一度もない。

所詮(しょせん)『正義』なんてものは、見方によってガラリと変わるものなのだ。

俺から言わせれば、暗殺者(アサシン)が正義を語るのは烏滸(おこ)がましい。

暗殺者(アサシン)として生きて、暗殺者(アサシン)らしい最期を迎えることが、俺にとっての唯一のささやかな望みであるのだ。


「そうか。それがキミの答え、というわけか」


善と悪をハッキリと切り分けることなんて出来はしない。

この男の正義感は、酷(ひど)く歪んでいるように見える。

白色も黒色も、この世界に馴染(なじ)まない。

どちらにも染まらない『灰色』こそが、万人が受け入れることのできる最適な世界なのだ。


「であれば、仕方があるまい。できれば、手荒な真似(まね)はしたくなかったのだけれどね」

何かを諦めたように呟いたデュークは、パチリと指を鳴らす。

次の瞬間、建物の奥から敵の魔法師の気配を感じた。

敵の数は二人だ。両者とも、かなりの手練れのようである。

「よぉ……。死運鳥。久しぶりだなぁ……！　お前につけられた傷、片時も忘れたことがなかったぜ！」

まずは一人目。額に弾痕を残した小柄な男である。

その時、俺の脳裏を過ったのは、いつの日か、目の前の男が口にした台詞であった。

『覚えておけ！　不死身のジャック！　お前を殺す男の名前だ！』

ふむ。この男はたしか、不死身のジャックと名乗っていたな。

過去に戦闘になったときは、致命傷を与えていたはずなのだが、こうして、元気にしているあたり『不死身』の二つ名は伊達ではないということだろう。

「ふふふ。会いたかったですよ。死運鳥。魔導列車の件では、お世話になりましたねぇ」

次に二人目。
齢五十歳を越えようという高齢の男であった。
この男も、何処かで見た覚えがあるな。

『それでは、皆様、ごきげんよう。どうか快適な列車旅を楽しんで下さい』

そうか。思い出した。
この男の名前は、レクター・ランドスター。
ランドスター家のパーティーで爆弾事件が起きた時に、モニターの中でテロリストに指示を送っていた人物だ。

「貴方はワタシの可愛い息子の仇ですからねぇ。恨みを晴らせると思うと、不覚にもときめいてしまいますよ」

この男の息子、ジブールはルウの元婚約者だったな。

随分と懐かしい顔ぶれが揃ったものである。

二人に共通するのは《逆さの王冠》のメンバーで、過去に俺と因縁があるということだ。

「さて。状況は三対一だ。諦めて、我々の側につくというのであれば、今のうちだぞ？」

ふむ。この俺を前にして『たったの三人』しか戦力を用意していないとは驚きだ。

よほどの自信があるのか、でなければ、希代の愚か者、だな。

「愚問だな」

短く言葉を返した俺は、そのまま挨拶代わりに銃を抜く。

その動作が開戦の合図となった。

「キャハハハ！　殺戮ショーの始まりだあああああああ！」

開口一番、動いたのは、不死身のジャックであった。

戦闘が始まる直前、ジャックはポケットの中から大量の錠剤を取り出して、口の中に放り込んだ。

「ふふふ。死運鳥（ナイトホーク）。貴方に魔法を超える『異能の力』をお見せしましょう！」

続いてレクターも同じように錠剤を口にする。

二人の雰囲気（ふんいき）が変わったようだな。この薬が俺を倒すための切り札というわけか。

敵の準備が整う今が攻撃のチャンスである。

「爆炎弾（バーストブレット）」

そこで俺が使用したのは、銃弾に炎の魔法を込めて撃ち放つ、《爆炎弾（バーストブレット）》であった。

狙うは、距離を詰めてきているジャックの方向だ。

この技は、威力がありすぎるため、暗殺に不向きな性質がある。

狙った相手を問答無用で再起不能にしてしまうので、使用を控えていたのだが、今回の相手は話が別だ。

ターゲットが並外れて体が頑丈なことは知っているので、使用を躊躇（ためら）う必要はなさそうである。

ドガッ！

ドガアアン！

　瞬間、城の中を激しい爆発の炎が立ち上がる。

　やったか？　いや、まだ、生物の気配は完全に消えたわけではないようだ。

「グキャキャッ！　ああん？　なんか、今、オレにしたか？」

　驚いたな。

　今の攻撃を受けても、尚、喋れるくらいにピンピンしているのか。

　正確にいうと、相応のダメージは受けたようだが、こうしている今も、みるみるうちに火傷の痕が回復しているようだった。

「ふふふ。彼の異能は『不死』。ありとあらゆるダメージから超スピードでの回復を可能としています」

おそらく、先程、摂取(せっしゅ)した薬物の効果が作用しているのだろう。

異能か。たしかに、ここまで来ると魔法で説明できるレベルを超えているような気がするな。

思い返してみれば、今までにも既存の魔法では説明できない『奇妙な能力』を駆使する敵たちと戦ったことがあったな。

『どうだい？　オレ様の『眼』は？　なかなかのものだろう？』

『驚かせてしまったかな？　ワタシの体は特別製でね。こんな風に体を伸縮させたり、関節を外したりすることができるのですよ』

《大監獄(だいかんごく)》出身の二人の魔法師、ギョロとヌルが良い例だ。

彼らは人体の限界を超えたような動体視力、体の使い方を駆使して、俺に挑んできたのだ。

『ルウ。よ～く、見ておくのだよ。そこにいる庶民(しょみん)とボク。どちらが男として上なのか。キミの目の前で証明してあげるから』

それより前だと、ルウの許嫁(いいなずけ)のジブールも同じカテゴリーに入ってくるか。

異常なまでに肥大(ひだい)化した筋肉を使って攻撃を仕掛けてきたな。

俺が今まで戦ってきた『異能』の使い手たちには、全て《逆さの王冠(リバースクラウン)》が関わっていた、ということか。

やれやれ。迷惑極まりのない組織である。

「グギャギャギャ！　こっちを見ろ！　死運鳥(ナイトホーク)！」

さてさて。過去の分析はこれくらいにして、今は目の前の敵に集中しなくてはならないな。

不死身のジャックか。この男はたしか、俺が王立魔法学園に入学してから間もない頃に出会った《逆さの王冠(リバースクラウン)》の幹部メンバーだったな。

「禁術発動――《絶影・氷装空斬》！」

ふむ。この魔法は、以前に戦った時にも見たことのあるものだ。

氷の鎧(よろい)と剣を装備して、攻撃力と防御力を同時に上げる魔法だ。

おそらく世界で唯一人、常人離れした耐久力のある、この男にしか扱えないであろう技である。

「おらおらぁ！」


氷の鎧を纏ったことにより、小柄な男の体は、見違えるように大きなものになっていた。

ふむ。どうやら前に戦った時と比べて、随所に改良が施されているようだな。

パワーも、スピードも格段にレベルが上がっているようである。


「この攻撃、受けきれるかあああぁぁぁ！」


地面を滑った男は、二本の氷の刃を交互に振り回して攻撃を仕掛けてくる。

今のところ隙らしい隙は、見つからないな。

おそらく俺に敗北してから、それなりに研鑽を積んできたのだろう。

仕方がない。

面倒な相手は、後回しにして、別の奴から倒しておくことにしよう。

そう考えた俺は、奥にいるレクターに向けて、銃弾を発射することにした。


「ふんっ！」

異変が起きたのは、レクターが低い声を上げた直後のことであった。

レクターの頭部が膨(ふく)らんでいき、異形(いぎょう)の姿に変貌(へんぼう)していく。

俺の放った銃弾は、寸前のタイミングで躱(かわ)された。

「ワタシの能力は『未来視』。比類なき脳の発達によって、一歩先の未来を見通すことができるのです」

まったく、次から次に奇妙な技を使ってくるのだな。

この能力が、《逆さの王冠(リバースクラウン)》が長年に渡り研究してきた、魔法を超えた『異能の力』というわけか。

「今度はこちらから行きますよ！」

異形の姿になったレクターが、近接戦を仕掛けてくる。

素人(しろうと)だな。スピードも、体の捌(さば)き方も。

この程度の動きで、俺に向かってくる人間は珍しい気がする。

「…………!?」

敵の姿が消えた。
不可解だな。敵の動きは今一つでも、俺の目で追えないようなものではなかった。

「キエッ！　キエエエエエエエエエエエエエエエ！」

不意に敵の攻撃が飛んでくる。
ナイフによる斬撃だ。
咄嗟に攻撃を回避したのだが、俺は右手に掠り傷を負うことになった。

「ふふふ。貴方の動きは全て、お見通しです」

なるほど。
未来が見えるという話も、満更ウソというわけではないようだな。
この男は今、俺にとっての『意識の外』から、攻撃を仕掛けてきたようだ。

「ふふふ。そろそろ効いてくる頃でしょう」

なんだか妙に体がいやにだるいな。

身体強化魔法発動――《解析眼》。

俺は《解析眼》を使用して、周囲の状況を確認してみる。
なるほど。あのナイフ、毒を盛っていたのか。
道理で体が言うことを聞かなくなるはずである。

「気付いたようですね。ワタシが特別に調合した神経毒です。お味は如何（いかが）ですか？」

非力な腕力を毒で補（おぎな）っているわけか。
単純だが、理に適（かな）った戦術である。
裏の世界で用いられている大半の毒物であれば、耐性がついているのだが、今回のように『新種』のものであると事情が少し違ってくる。

この俺にまで効果を与えるとは、よほど強力なものなのだろう。

「ほう。ワタシの毒を食らって、立っていられるとは驚きです。たったの一ミリでも摂取すれば、ドラゴンですら悶絶する毒なのですけどね」

なるほど。道理で動きが鈍くなるはずである。

今のところは大きな問題はないようだが、このまま毒を浴び続けるのは非常にまずいな。

戦況が益々と悪化することになりそうだ。

「キエッ！　キエエ！」

先の一撃で味を占めたレクターが、再び襲い掛かってくる。

足止めのつもりで放った攻撃は、ものの見事に回避されることになった。

「見える……！　見えるぞ……！　貴方の動きが！　未来が見える！　最高の力です！」

やはりそうだ。

これは一体どういうことだろう。

レクターの気配を、攻撃の直前のところで捉えることができなくなるのだ。

「キシャシャシャ！　オレ様の前で跪け！　死運鳥！」

厄介な敵はレクターだけではない。

不死身の能力を持ったジャックも、非常に面倒な存在だ。

二人からの攻撃を回避して、攻めに転じるのは、それなりにハードルが高そうである。

「ふふふ。捕まえたぞ。アルスくん」

「…………!?」

なるほど。どうやら敵は二人だけではないようだな。

この魔法は、奥にいるデュークが使ったものだろう。

見たことのない魔法だ。

いつの間にか俺の足首を黒色の手が掴んでいた。

「どらぁ！」

俺の足が止まっている間にジャックが強襲する。

咄嗟に防御魔法を発動したが、完全にダメージを防ぐことはできなかった。

やれやれ。

久しぶりだな。自分の血を舐めることになるのは。

「ふふふ。どうだい。アルスくん。この薬は魔法を使えない人間に『異能』の力を与える奇跡の賜物だ！　この薬を使ってワタシは、平等で平和な世界を作り上げるぞ！」

ふう。この男も、また、いかれた思想の持ち主というわけだな。

まったくもって、バカげている。

この『化け物』を生み出す薬こそが、平和な世界を作るための切り札とは、なかなかに笑わせてくれる。

「キシャシャシャ！　腸をぶちまけろおおおおおおおおお！」

「見える。見えますよ！　貴方が苦痛に悶える『未来』の姿が！」

厄介な状況だ。

それぞれ、一対一での状況であれば、後れを取ることはない相手であったが、三対一の状況になると分が悪い。

三人の敵を前にした俺は、ジリジリと追い詰められていった。

ふっ……。

久しく忘れていたな。

この一瞬でも気を抜けば、直ぐにでも死が迫ってくる感覚は……。

戦況は、俺が圧倒的に不利、といってもよいだろう。

だが、おかげで思い出すことができた。

一体、いつからだ？

戦いの最中、敵の姿を見下ろすことが当たり前になっていたのは？

一体、いつからだ？

惨めに命乞いを始める敵を冷めた気持ちで見つめるようになったのは？

やれやれ。

俺としたことが『強者』の側に回り、『弱者』の気持ちを忘れていたのだろう。

貧困街(スラム)で生きていた頃は、盗みに失敗して、殺されかけるなんてことは、日常茶飯事(さはんじ)だった。

そうだ。

本来の俺は『逆境』の中でこそ、成長して、最大限の力を発揮してきたのである。

「キシャシャシャ！　コイツで終わりだああああああああああああああああああああああああああああああああああああ！」

勝利を確信したジャックが俺に向かって刃を振りかざす。

仕方がない。

このまま無抵抗で殺されるくらいなら『アレ』を試してみるか。

現状を打破するためには、多少の無茶をする必要がありそうだ。


「…………!?」


ふむ。ものは試し、とは、よくいったものだな。

どうやら俺の試みは、上手(うま)くいったようだ。

俺は自らの血液を刃の形に変化させることで、ジャックの攻撃を防ぐことに成功した。

「テメェ……！　その力は……！」

すまないな。昔から手癖が悪い方なのだ。
コイツらが大切にしている『力』とやらを盗ませてもらった。
火が付いたかのように体が熱い。
この力があれば、目の前の相手にも一矢報いることができるかもしれないな。

「バカな……！　この男、薬を使わずにして『異能』の力に目覚めたというのですか……！
そんな『未来』、ワタシの頭脳も予想していない！」

異能か。
たしかに、この『力』は既存の魔法とは少し毛色が違うみたいだな。
だが、少なくとも、俺の感覚では『魔法の延長線』にあるものだ。
改めて俺が名づけるのであれば、『固有魔法』とでもいうべきだろうか。
窮鼠猫を嚙む、という言葉がある。
本来、この力は、魔法を極めた人間が窮地に追い込まれた時に発現する力なのだろう。

魔法とは本来、人間の意志の力を根源とするものだ。

魔法師たちの『生き残りたい』という意志が、術者に新しい力を付与した結果、『異能』と呼ばれるほどの特異な魔法を発現させたのだろう。

「なんという怪物……。研究対象として興味があります。これが『呪われた血』と呼ばれた魔法師。アルス・ウィルザードの力というわけですか……！」

怪物か。俺から言わせれば、それは違うな。

本来、この『固有魔法』は、修業を重ねた魔法師が戦闘経験を重ねていけば、自然と体得に至るものなのだ。

もっとも、この男たちは薬の力を借りて、無理やり発現させたようだけれどな。

「ハンッ！　ビビることはねぇ！　奴は力に目覚めたばかりのヒヨコも同然だ！　オレ様が後れを取ることはありえねぇ！」

果たしてそれはどうだろうな。

この『異能』とやらを試させてもらうことにしよう。

「破ァッ！」


能力が目覚めた直後が好機だと捉えたジャックが、地面を滑りながら接近してくる。

今までのやり取りの中で、少しだけ、自分の能力について理解することができた。

どうやら俺の『固有魔法』は、己の血液を操作して、性質を変化させるもののようである。

おかげで血液中に含まれていた『毒素』を完全に排除することができた。

だが、それ以外のことは、謎に包まれている。

戦闘の最中ではあるが、色々と試していくより他はないようだな。


「シャシャシャシャシャシャシャシャ！」


毒素が抜けたおかげで敵の動きがゆっくりと見えるな。

いや、能力に目覚めたおかげで、身体能力が上がっているのか？

素早く動きたい、という俺の意志を汲んでか、いつの間にか俺の背中からは血で作られた翼が生えるようになっていた。

「なっ——！　消えたっ——⁉」

別に消えたわけではない。

だが、敵がそう感じてしまうのも無理はないだろう。

今の俺のスピードは、前の俺と比べて、更に磨き（みが）がかかっているようだ。

背中に生えた翼の力なのだろうか。

今までの跳躍と比べて、素早く、そして高く飛ぶことができるようだ。

「上だっ！　ジャアアック！」

どうやら未来を先読みできるレクターは、かろうじて、俺の動きを捉えていたらしいな。

だが、気付いた時には既に手遅れである。

俺は血液を刃に変えて、ジャックの体を斬りつけてやることにした。

「うぎゃあっ！」

無論、ここで攻撃を緩めるという選択肢は俺の中にはなかった。

敵の再生能力が圧倒的であるならば、再生が追いつかないような圧倒的な速度で攻撃を繰り出せば良いだけの話である。

「うがっ！　うがあああ！」

玉座の間にジャックの断末魔の叫びが響き渡る。

ふむ。流石に細かく切り刻んでやれば、暫く肉体が再生することはないようだな。

まずは一人。敵を蹴散らした俺は、次の標的に向かっていく。

「グッ……！　少しは動けるようですね。ですが、貴方の動きは全て見切っています！」

どうやらレクターの方は、正面から俺を迎え撃つ構えのようである。

厄介な能力であるが、今の俺であれば十分に対処は可能である。

「ハハッ！　完全に見切りましたよ！」

果してそれはどうだろうな。

この男が見ている『未来』というのは、精々、現在から計算して数秒後の世界のようである。

つまり敵が未来を見て、行動を変えてくる瞬間を叩けば、結果を変えられるはずだろう。

今の俺にはそれだけのスピードが備わっているのだ。


「バカな……！　未来が見えない！　真っ暗だ！　何も見えないぞおおおおおおおおおおおおおおおおおおおおおおおおおおおおおおお！」


哀れな奴だ。

おそらく薬物の効果で痛覚が麻痺（まひ）しているのだろう。

既に両目を潰れているにもかかわらず、レクターは自分の信じる『未来』とやらに拘（こだわ）っているようであった。


「解せないな……」

さて。これで残す敵は一人だけになったな。

立ちはだかる敵たちを薙ぎ払うと、奥にいるデュークが不満そうな声を漏らしていた。

「アルスくん。それだけの力を持ちながら、何故、『正義』について正しく理解しようとしない。キミほどの力があれば、世界を思うがままに、作り変えることすらできるはずだというのに」

世界の改変か。

俺にとってはまったく興味のない問題だ。

たしかに様々な差別に溢れている、この世界は、時に醜いものなのかもしれない。

時には世界を恨んだことがあった。

だが、何故だろうな。

今となっては、『歪んだ』この世界が、そんなに嫌いにはなれなかった。

おそらく、俺の価値観は、学園に通い始めたあたりを境にして、少しずつ変わり始めていたのだろう。

『無理は禁物ですよ。アルスくんは、いつも頑張り過ぎてしまうところがありますから』

『一緒に頑張ろう！　もちろん、アルスくんも協力してくれるんだよね？』

その時、俺の脳裏に過ったのは、学園に通っている時に絡んでくるレナとルウの姿であった。

ふっ……。我ながら、不覚、というより他はないな。

気付かないうちに俺の価値観は、二人に変えられてしまっていたのかもしれない。


「分かり合えない、というわけか」


暫く無言を貫いていると、デュークが何かを諦めたかのように呟いた。

俺は正義を騙る人間を信用しない。

戦争とは互いの『正義』を妄信する、二者の間でしか起こりえないものだからだ。


「であれば、仕方あるまい。キミの死を以てして、正義を遂行させてもらうことにしよう」


どうやら敵もヤル気のようだな。

伊達に騎士団で英雄と呼ばれただけのことはあるようだ。

目の前の男が放つプレッシャーは、俺が過去に戦って敵の中でも、最強クラスのものであった。

「禁術発動――《王虎狂演》」

ふむ。どうやらデュークの固有魔法は、己の肉体を獣のように変化させることにあるようだな。

巨大化したデュークの肉体は、優に三メートルを超えるくらいはあるだろう。

体格の差は歴然としている。

だが、死は別に怖くない。

俺が最も恐れているのは、暗殺者として、相応しい最期を迎えられないことだけだ。

「いくぞ！　王の技をとくと味わうが良い！」

戦闘準備を整えた敵が向かってくる。

王の力か。

たしかに反逆を成功させて、玉座に居座る目の前の男は、『王』と呼んでも差し支えのない人間なのかもしれないな。

相手にとって不足はなさそうだ。

さてさて。

試させてもらうか。

ここが俺にとって相応しい『死に場所』なのかどうかを――。

デュークの攻撃。

巨大な人狼の姿に形を変えたデュークは、俺に向かって拳を振り下ろしてくる。

人間離れした、異次元のパワーだ。


ズガッ！

ズガアアン！

敵の攻撃を受けた俺は、城の壁に向かって激突する。

並みの魔法師が攻撃を受けていたとしても、体が粉々に砕け散るほどの威力だ。

「ふっ……。咄嗟（とっさ）に後ろに飛んで、衝撃を逃がしたか。貧者がやりそうな退屈な小細工（こざいく）だ」

流石に気づかれていたか。

この勝負、純粋な腕力で競うと劣後することは必至だからな。

庶民の俺は庶民らしく、工夫をして戦っていくより他はないだろう。

「王たるワタシに『後退』の二文字なし！　その眼に敗北を刻め！　アルス・ウィルザード！」

俺にダメージを与えたデュークは、すかさず追撃に向かってくる。

ふむ。目が覚めるような連撃だ。

そこから先は防戦一方の展開が続いた。

俺の動体視力をもってしても、致命傷を避けるのが精一杯で、完全に攻撃を躱すことはできなかった。

戦闘時間が経過すればするほどに俺は、体力を摩り減らすことになっていた。

「悲しい運命だな。アルス・ウィルザード。庶民が王を討つことなど、ありえない。あってはならないのだよ」

果たしてそれはどうだろうな。

たしかに純然たる『力』という面では、今の俺は目の前の敵には敵わないのかもしれない。

この男の固有能力は、純粋に自らの身体能力を上げることに特化したものだからな。

だがしかし。

いつの時代も『弱者』は、創意工夫によって、生き残る手段を得てきたのである。


「これは……!?」


ようやく異変に気付いたようだな。

だが、気付いた時にはもう遅い。ここは既に俺の領域だ。


「貴様……。謀ったな……！」


周囲に散らばった血液を目にしたデュークは、恨めしそうに呟いた。

そう。俺は単に攻撃を受けていたわけではない。

全ては反撃の準備を整えるため。敵を搦めとるための戦略だったのだ。


「鷹の巣」

血液の刃は糸のように形を変えて、デュークの体を縛(しば)り上げていく。

皮肉なものだな。

幼少期の頃より《呪われた血》と呼ばれて忌(い)み嫌われた血液が、最後の最後で役立つことになるなんて。


「グオッ……。　グオオ！」


抵抗を見せるデュークであったが、それは無駄な足掻(あが)きというものである。

俺の固有魔法によって作られた血の刃は、鋼(はがね)よりも硬く、切れ味が鋭いのだ。

全てを終わらせよう。

この戦争に終止符(しゅうしふ)を打つためには、王の首が必要だ。


「バ、バカな……！　王たるワタシが……こんなところでええ

えええええええええええええええええええ！」


悲痛な叫びを残したデュークの体は、たちどころに血の赤に染まっていくことになる。

勝敗は決したようだ。

歴史を紐解いてみると、王の首を討った庶民というのは、取り立てて珍しい存在というわけではない。

いつの時代も、世界を大きく変えることができるのは、俺のような『持たざるもの』ということなのだろう。


「終わりだ」


血液を刃の形状に変化させた俺は、飛翔しつつもデュークの首を撥ね飛ばしてやることにした。

やれやれ。また死ねなかったか。

神様っていうやつは残酷だ。

今回の仕事が、俺にとっていよいよ『最後』になるような気がしていたのだけれどな。

どうやら、ここも俺が暗殺者としての人生を閉じるには相応しい場所ではなかったらしい。

―エピローグ―　新たな日常

それから。

王城の決戦を経てから暫くの月日が流れた。

【冒険者酒場　ユグドラシル】

《暗黒都市》の裏路地にひっそりと存在するこの酒場は、俺たち組織が頻繁に利用する店であった。

親父に呼び出された俺は、そこで衝撃の言葉を告げられていた。

「アルス・ウィルザード。本日をもって、お前を除隊処分とする」

俺は今、親父から、晴れてクビを言い渡されている。

何故、こんなことになっているのか？
事の発端は、《神聖なる王城》の戦闘が終わった直後にまで遡ることになる。

〜〜〜〜〜〜〜〜〜〜〜〜〜〜

あの日、《神聖なる王城》での戦闘が終わってからの話をしようと思う。
全ての争いが終わり、俺たちは少しずつ、日常を取り戻しつつあった。
だがしかし。
あれだけ大きな戦いが起こった後だ。
無論、全てが元通りに収束する、というわけではない。
幾つか、俺の身の回りには、大きな変化が訪れていた。

「何をしているのですか！　この無能が！」

変化の一つが、アジトで声を張り上げる、この男、クロウである。
暫く《大監獄》の中に収容されていたクロウであったが、脱獄時に俺を手助けことが評価されたのだろう。

外に出てからは、晴れて新体制の《ネームレス》に採用されることになった。

「キビキビ働いて下さい。我々《ネームレス》には、失敗の二文字は許されないのですよ！」

この男、まだ組織に入ってから間もないというのに、やけに馴染（なじ）んでいるのだな。

若くして騎士団で幹部の地位にまで上り詰めただけのことはある。

この男、凄まじく有能だ。

特に戦闘以外の事務仕事、情報処理能力においては、右に出るものはいない。

「何をボサッとしているのですか。アルス先輩。早く現場に行きますよ」

実のところ、新しく組織に加入してきたのは、クロウだけではなかった。

この男、ロゼもまた組織に新しく加入してきた人物である。

いや、コイツの場合は戻ってきた、というわけか。

もともとロゼは、《ネームレス》の戦闘員として活動していた過去があるのだ。

「まったく、組織の最強の男が、こんな腑抜（ふぬ）けでは先が思いやられますね」

返す言葉が見つからないな。

果たして、今の俺が『最強』と名乗るに足る人物なのかも甚だ疑問である。

「いやー。ロゼっちが入ってから、すっかりと組織もレベルアップした感じっスね」

「サッジ。あんた呑気なことを言っているとクビになるわよ。ただでさえ、あんたは組織のお荷物だったんだから」

「なんですと！　マリ姉、そりゃあ、聞き捨てならねえッスよ！」


組織の他メンバーたちが騒ぐのも頷ける。

この男は、（サッジと共闘していたとはいえ）数百人の騎士団員たちをほとんど一人で返り討ちにしたらしいからな。

ロゼの成長速度は、常軌を逸したものがある。

このところの俺の仕事が減っている最大の原因は、ロゼの働きによるものだろう。

組織に復帰して、成果を求めるロゼが全力で働きに出るおかげで、街の治安は大幅に改善していたのだ。

「ていうか、ロゼっちは、組織が不満で抜けたんじゃなかったんスか！　いきなり戻ってきてオレより目立つなんて、ムシが良すぎるッスよ！」

「……簡単なことです。今の《ネームレス》には大手を振って掲げることのできる『正義』がありますからね。ボクの力を貸すに足る組織になった。それだけのことです」

ふむ。この男もまた己の正義に固執する性格であったな。

たしかに今の《ネームレス》は、今までの体制とは少し毛色が異なるようには思える。

具体的に、汚れ仕事は激減して、本来であれば、騎士団の人間が管轄するような仕事が増えてきた。

「ふふふ。ワタシのプロデュースさえあれば、ドブネズミも獅子に変わります！　昔からゴミのリサイクルは得意でしてね。直ぐにでも、全ての人間が平伏す最凶の組織を作り上げてやりますよ！」

「アルス先輩。ボクはいつか貴方を超えますよ。貴方を殺して、いつの日か先輩の生首をテーブルの上に並べられる時が楽しみです」

この二人、やりたい放題にも程があるぞ。

本当に新入りなのか？　と疑いたくなるくらいに態度がでかい。
とはいえ、組織のレベルが上がることは、好ましく受け止めておくべきなのだろう。
かつての敵であったクロウとロゼの加入により、俺を取り巻く日常は新しい局面を迎えようとしていたのだ。

〜〜〜〜〜〜〜〜〜〜〜〜〜〜〜

そういう事情があって、今に至るというわけである。

「親父。今、なんて言ったんだ？」

俺の勘違いではないとしたら、『除隊』という言葉が聞こえてきたような気がするぞ。

「お前も気づいているんだろ？　組織は今、新しい体制に生まれ変わろうとしている。新しい組織の中ではお前の居場所は何処にもないんだよ」

「…………」

その指摘は、俺が薄々と気づいていたことであった。

気づいていながらも、心の何処かで気づかないふりをしていたのだろう。

組織は今、まったく、新しい体制に生まれ変わろうとしている。

《暗黒都市(パラケノス)》の治安を揺るがせていた《逆さの王冠(リバースクラウン)》は、《神聖なる王城(セイントキャッスル)》の戦闘が終わった後に解体されることになった。

行き場を失ったメンバーの一部を《ネームレス》に迎え入れることが決定したらしい。

『グギャギャギャギャ！　待っていろよ！　死運鳥(ナイトホーク)。この体が治ったらリベンジしてやるぜえ！』

聞くところによると、不死身のジャックもまた、《ネームレス》に配属される予定なのだとか。

現在は《逆さの王冠(リバースクラウン)》のアジトの中にあった巨大フラスコ装置の中でリハビリ中らしい。

あれだけ粉微塵(こなみじん)に切り刻んでやったにもかかわらず、仕留めきれないとは驚愕(きょうがく)である。

やはり《不死身》の能力は、底知れないものがあるな。

「今の《ネームレス》は、未だかつてない大所帯だ。これまでのように『個』の力に頼るやり方は終わらせる必要がある。今後は『組織』としての力を発揮できるように切り替えていく方針だ」

たしかに親父の言葉はもっともなのかもしれない。

新生《ネームレス》は、クロウ、ロゼといった新メンバーに加えて、《逆さの王冠（リバースクラウン）》の残党メンバーを受け入れることが決定している。

これだけ大きな変化があったのだ。

既に《ネームレス》は、俺が知っていた組織とは別物といってよいだろう。

「そうか」

思い返してみれば親父が俺に学園に通うように勧めてきたのも、裏の魔法師が不要になる未来を見越していたものだったな。

世界が正常化して、クリーンなものになっていくにつれて、俺のような『殺し』を生業（なりわい）にした魔法師は、世の中から不要な存在として徐々に居場所を追われていくのだろう。

暗殺者（アサシン）として生きて、暗殺者（アサシン）として生涯（しょうがい）を閉じる。

俺のそんなささやかな願いは、結局、叶わず終わったわけだ。

「実を言うとな。オレはお前を仕事に出すことを、ずっと心苦しく思っていたんだぜ」

グラスに注がれた酒を口に含みつつ、気まずそうな表情を浮かべながら親父は続ける。

「お前、仕事中、死ぬことばかり考えていただろ?」

ふむ。どうやら俺の考えていることは親父にはお見通しだったらしいな。

「言っておくが、死ねば、償(つぐな)いになる、なんていうのは、お前の思い上がりだぜ? それは『逃げ』だ。お前が死んだところで救われる人間なんて一人もいねえよ」

相変わらず親父の言葉は、説得力があるな。

おそらく親父は、俺と同じように死に向かっていく魔法師と会ってきたのだろう。

「なあ。アルよ。もしも殺してきた人間に対して償いたいと思っているなら、『自らの死』ではなく『他者の救済』という形で、叶えてみたらどうなんだ? お前には、それだけの力が備わっているはずだぜ」

「……他者の救済？　どういうことだ？」

「ふっ……。それはお前が自分の頭で考えてみることだ」

グラスの中の氷が崩れ、カラリという音が酒場の中に響く。

「人間、誰しも『罪の意識』から逃げることはできねえ。昔を思い出すぜ。オレがお前を拾い育てたのも『罪滅ぼし』のためだったんだぜ」

むう。それは初耳だ。

たしかに飢えている孤児を一人前に育て上げれば、『他者の救済』に繋がるのかもしれないな。

「若い頃、オレは仕事で多くの人間の命を奪ってきた。正直、全ての仕事に納得いっているわけではなかったよ」

今でこそ一線を退いているが、親父も昔は有名な暗殺者だったらしい。

親父が現役（げんえき）だった頃の《暗黒都市（パラケノス）》は、俺が組織に入った頃よりも、更に治安が悪かったという。

精神的にハードな任務も多かっただろう。

「だからだろうな。お前の活躍を聞くたびにオレは『許された』気がしたんだ」

今日の親父はやけに饒舌（じょうぜつ）だな。少し飲み過ぎている気もする。

普段の親父は、飄々（ひょうひょう）としていて滅多（めった）なことでは本音を出そうとしない性格なのだ。

「アル。これからお前は何を成す？　よければオレにお前の考えを聞かせてくれないか」

やれやれ。

たまには酔っ払いの雑談に付き合うのも悪くはないか。

「そうだな。オレは――」

このところ、今後の身の振り方について考えていた。

貧困街で育った俺は、裏の世界で生きる以外に生活の術を知らない。

この上なく難しい課題だ。

暗殺者としての自分を捨てた『未来の自分』を想像するのは、これまでの仕事の中でも最も困難なことにすら思えてくる。


〜〜〜〜〜〜〜〜〜〜〜〜〜


それから。

慌ただしい戦いが終わって、少しずつ、街は日常を取り戻していた。

どんな凄惨な事件が起きたところで、結局のところ、人間は未来に向かって歩く生物なのだ。

今、こうしている間にも、テロリストたちの反乱によって破壊された街並みの復旧作業は進んでいる。

街の景観は、幾分か見られるものになっていた。

今日からは、学園も再開するらしい。

この通学路を歩くのも随分と久しぶりな気がするな。

「考え事ですか。アルスくん？」

校門に向けて歩いていると見知った顔があった。

レナだ。

赤色のお団子ヘアーを靡(なび)かせながらもレナは、俺の右隣にピタリと並んで歩いていた。

「おはよう。久しぶりだね。アルスくん」

続いて声をかけてきたのは、青色のショートカットが特徴的な少女であった。

ルウだ。

タイミングを合わせるようにしてルウは、俺の左隣をピタリと並んで歩いていた。

「ああ。おはよう」

思わず、そのまま挨拶(あいさつ)を返してしまう。

この二人に会うのは、随分と久しぶりのような気がするな。

なんだか急に日常に戻ってきた気分である。

このところ、二人と会う機会がなかったからな。

聞くところによると、学園の生徒たちは、反乱(クーデター)が始まったタイミングで集団避難をしていたらしい。

二人が無事に避難したという話は、事前に聞いていたのだが、こうして再会すると妙な安心感があるな。

「そうですか。では、そろそろワタシたちにも教えてくれませんか。アルスくんが何を考えているのか」

「うん。賛成だよ。秘密主義にも限度っていうものがあるからね」

「んん……？」

なんだか妙な流れになってきたぞ。

二人が俺に対して向ける視線は、心なしか冷たいものになっていた。

「今まで何処(どこ)に行っていたのですか!?」

「凄(すご)く心配していたんだよ!?」

ふうむ。どうやら二人が怒っているのは、暫(しばら)く俺が行方(ゆくえ)をくらましていたからのようだ。

「別に。秘密なんてないさ。俺は『たった今から』普通の学生だ」

そうだな。二人に会ってから、決心がついた。

俺は普通の学生だ。

少なくとも今この瞬間から、そう心に決めて生きていくことにしよう。

「今から……？」

「それって結局、隠し事をしていたってことだよね!?」

暗殺者（アサシン）として生きてきた俺が別の道を見つけることができるのか、それは今のところはわからない。

だが、幸いなことに時間はあるのだ。

今後のことは、コイツらと一緒に、学園に通いながら、考えることにしよう。

あとがき

柑橘ゆすらです。

『王立魔法学園の最下生』、第四巻、如何でしたでしょうか。

最初に述べておくと、今巻は最終巻というわけではありません。

もの凄く最終巻っぽい内容で、作者としても最終巻のつもりで書いたのですが、もう少しだけ続くようです。

嬉しいことに本作の売上の伸びが、編集部の予想を超えるものであり、急遽、続編を書いてほしいと依頼を受けたからです。

特にコミックスの人気は凄まじく『週刊ヤングジャンプ』で長期連載できていることは、とてつもなく光栄なことです。

おかげ様で、もう少しだけ作家として生きていくことができそうです。

さて。小説の五巻の内容としては、最強の暗殺者の後日談ということで、学園要素を増し増しにして、書いていくつもりです。

現時点で予定している内容は『アルス、バスケ無双』『アルス、エレベーター無双』『アルス、ナンパ無双』というロクでもない内容となっております。

後日談ということで、メモ帳に書き溜めていた小ネタをフルに駆使していくつもりです。

それでは。

次の巻でも読者の皆様と出会えることを祈りつつ――。

柑橘ゆすら

この作品の感想をお寄せください。

あて先　〒101-8050　東京都千代田区一ツ橋2-5-10
集英社　ダッシュエックス文庫編集部　気付
柑橘ゆすら先生　青乃 下先生

ダッシュエックス文庫

王立魔法学園の最下生4
～貧困街(スラム)上がりの最強魔法師、貴族だらけの学園で無双する～

柑橘ゆすら

2023年1月30日　第1刷発行

★定価はカバーに表示してあります

発行者　瓶子吉久
発行所　株式会社　集英社
〒101−8050　東京都千代田区一ツ橋2−5−10
03(3230)6229(編集)
03(3230)6393(販売/書店専用) 03(3230)6080(読者係)
印刷所　株式会社美松堂/中央精版印刷株式会社

ISBN978-4-08-631497-8 C0193

超規格外の
完全無双
学園ファンタジー!!

コミックス1~7巻

王立魔法学園の最下生

~貧困街(スラム)上がりの最強魔法師、貴族だらけの学園で無双する~

異世界で無双する!!
シリーズ累計
80万部
突破!!